새벽 산행 3,650일의 기록
숲과 대화할 시간입니다

새벽 산행 3,650일의 기록

숲과 대화할 시간입니다

김태일 지음

學而思 | 학이사

테니스는 가정 파괴범.

아내의 말이다. 예보에 없던 비가 갑자기 내린 5월 어느 날 마트를 가면서 아내가 뜬금없이 내뱉었다. 봄마다 항상 산불 예방 비상 대기하는 친한 후배의 아내를 언급하며 "연수 엄마 오늘 비상근무 안 해도 되겠네."라고 했더니, 아내가

"비 오는 날 나도 예전에는 연수 엄마처럼 좋았다."

"왜?"

"비 오면 당신 테니스 치러 가지 않아서. 그때 테니스는 가정 파괴범이었다."

충격이었다. 테니스 때문에 신혼인 아내를 두고서 매일 늦은 귀가가 일상이었다니, 나는 음주를 거의 하지 않았기 때문에 새벽 귀가할 일이 없었다고 생각했는데 아니었다. 아내는 신혼 초 테니스와 외롭게 싸우며 독수공방했다는 거다. 술이나 도박 때문이면 잔소리라도 퍼부을 텐데, 건강을 위해 테니스를 즐기는 철딱서니 없는 남편을 타박 한번 제대로 못 했다는 거다.

젊은 시절부터 나름 스포츠맨을 자부했다. 아니 젊은 시절뿐만 아니라. 삼 형제인 우리는 아버지와 새벽에 학교에서 축구한 기억이 대부분일 정도로 모두 스포츠를 좋아했다. 시골서 초등학교 다닐 때는 짧은 기간이었지만 야구와 농구부에 가입해 선수의 길을

모색해 보기도 할 정도로 운동과는 뗄 수 없는 관계다. 중고교 시절에도 친구들과 아마추어 팀을 만들어 다른 학교와 내기 경기를 나설 정도로 돈이 걸린 승부 세계를 나름 즐겼다.

언론사에서 시작한 직장생활은 밤낮없이 현장을 누빈 초보 기자 시절을 제외하고는 퇴근 후에는 일단 운동을 우선했다. 옛 경북도청(대구시 북구 산격동) 테니스장은 테니스를 즐기는 기자들과 공무원들의 만남의 장소였다. 이곳은 밤늦도록 게임을 즐겨 주변 주민들로부터 민원이 제기될 정도였다.

나의 테니스 입문기도 뜬금없다. 무슨 일 때문인지는 기억나지 않지만 경일대(당시 경북산업대)에 놀러 갔다가 너무나 멋지게 테니스를 치는 여성을 보고서 그 일행에게 물었다. "저 아가씨처럼 테니스 치려면 어느 정도 연습하면 되느냐?" 일행인 남성은 "한 달만 배우면 된다."며 웃으며 말했다. 경찰서 출입하는 기자로서 정신없는 일상을 보낼 때인데, 그 다음날부터 테니스 레슨을 시작했다. 그 남성의 거짓말(?)에 속았음을 이내 알았다. 그러나 이미 되돌릴 수 없었다. 일단 재미있었고 짜릿했다. 테니스장 곳곳을 누비며 서로 치고 받으며 에너지를 발산했다. 심지어 한여름 30도를 웃도는 뜨거운 날에도 테니스코트를 뛰어다닐 정도로 푹 빠져 있었다. 테니스 다음은 골프였다. 골프 입문은 순전히 아내 때문이었다. 아내는 "앞으로 골프가 대세인 시대가 될 것 같으니 골프를 배울 것"을 권하며, 옷도 골프웨어 중심으로 사줘 자연스럽게 골퍼가 됐다. 비록 주말 골퍼도 못 되는 월말 골퍼였지만 연습장은 정말 열심히 다녔다. 또한 딸과 아내와 함께 탁구를 배우며 가족 탁구선수단 결성을 잠시 꿈꾸기도 했다.

스포츠에 빠진 이력을 지루하게 소개한 것은 산을 접하면서 운동장 아이에서 숲속 사람으로 성장하는 모습을 설명하기 위해서다. 나는 스포츠맨(?)에서 숲속 걷기를 통해 이제 겨우 인간으로서 매일 조금씩 성장해 간다고 느낀다. 내게 숲은 드라마 대사처럼 '봄날의 햇살'과 같은 존재다.

고대 그리스 철학자 안티파트로스는 기억이 인간의 축복을 보관할 수 있는 가장 소중한 창고라고 표현할 정도로 삶에서 행복한 기억만큼 소중한 것은 없다고 강조했다. 그러나 인간의 기억은 한정적이고, 심지어 의도적이지는 않지만 잘못된 기억으로 왜곡하기도 한다. 숲을 알고서 산속을 헤맨 지 15여 년이 다 되어 가고, 고산골을 매일 새벽 오른 지 어느덧 10년째다. 고산골(대구 앞산 자락)을 만난 날은 정확하게 2011년 11월 1일이다. 10년째 비가 오거나 눈이 와도 어김없이 고산골 약수터를 올랐다. 산속에서 헤맨 시간 덕분에 확실히 성장했다고 자신한다.

최근 친구가 어릴 적 등굣길에 맛본 덜 익은 목화 열매를, 촉촉하고 보드라운 솜사탕이라는 글과 목화꽃 사진도 함께 보냈다. 어린 시절 덜 익은 목화 열매를 따 먹은 기억은 유난히 많았지만, 목화꽃은 완전히 낯설었다. 아니 처음 본 꽃이었다. 친구에게 이 얘기를 했더니, "가난하고 배고픈 시절의 기억이어서 먹은 추억만 남은 것 같다."고 했다. 인간의 기억은 한정적이다. 사람의 기억은 보이지 않는 필터를 통해 세상을 받아들인다. 고산골과 고산골 사람들의 이야기와 치유 스토리가 왜곡되기 전에 기록으로 남기고 싶다.

아직도 산에 가나?

주위로부터 가장 많이 듣는 질문이다. 그만큼 매일 산에 가는 게 신기한 것 같다. 고산골의 10년 이야기는 정말 풍성하다. 그 어떤 드라마보다 더 살아있는 이야기다. 많은 사람이 숲속의 치유능력과 매력을 맛볼 수 있었으면 좋겠다. 6월말 고산골 아침 산행을 하면서 2022년 하반기 목표를 고산골 산림치유에 관해 책을 쓰기로 처음 결심했다. 이후로 아침 산행은 글쓰기였다. 서문만 수십번 썼다 지웠다 거듭했다. 기자 출신으로 나름 글쓰기는 자신 있다고 생각했지만, 짧은 기사를 쓰는 것과 책을 쓰는 것은 확실히 다르다. 퇴직을 앞두고 인생 2모작을 준비해야 할 시간에 괜히 집필의 의지를 다져 생고생한다고 자책도 했다. 그만큼 보다 많은 이들에게 숲과 산림치유의 매력을 제대로 전달하고파서다.

이 책은 산림치유에 관한 전문 서적이 아니다. 당연히 전문적이고 관련 자료와 데이터가 풍성한 책과는 거리가 있다. 대신 그런 책에서는 보기 힘든 이야기를 찾아 기록했다. 먼저 고산골 10년 아침 산행의 즐거움과 행복에 관한 기록이고, 그동안 만난 고산골 사람들의 다양한 이야기를 전해주는 스토리텔러 역할에 충실했다. 여기에다 산림치유지도사 자격증 취득하는 과정에 공부한 산림치유 현장도 기록했다. 코로나19 팬데믹 시대를 맞아 우리 사회 시스템과 가치체계에 커다란 변화가 있었고 그에 따른 혼란도 곳곳에 터졌지만, 산속 일상을 즐긴 고산골 사람들의 흔들림 없는 삶은 무엇 때문일까?

추사는 제주 유배 시절 유배지의 향교인 대정향교의 현판을 썼다. 현판은 의문당疑問堂이다. 의심이 들면 질문하라는 의미로 쓴 것으로 보인다. 고산골 10년을 통해 질문의 힘을 정말 실감한다. 물론 내가 스스로 질문하고, 스스로 답한 게 대부분이었지만 그 질문이 쌓여 성장 중이다. 질문은 어디서든 할 수 있다. 학교에서도 가능하고, 직장과 가정에서도 할 수 있고, 사람과의 관계를 통해 할 수도 있다. 나는 매일 아침 고산골에서 숲속 걷기 질문을 통해 수많은 해답을 스스로 찾았다. 물론 남들의 눈으로 볼 때 그 질문과 해답은 엉터리일 수 있다. 그러나 정답이 없는 세상을 살아가기 위해서는 나만의 해답을 찾는 게 반드시 필요하다. 나만의 질문과 나만의 해답을 찾는 데는 산속 걷기가 최고다.

　앞으로 우리 모두에게는 피할 수 없는 엄청난 전쟁이 기다리고 있다. 그 전쟁은 세 가지다. 첫 번째가 지구온난화에 따른 기후전쟁이고 그다음은 백세시대를 맞아 건강전쟁, 그리고 경제전쟁이다. 지구촌에 살아가는 지구인이라면 이 3대 전쟁을 피할 방법은 없다. 다만 현명하게 이 전쟁에서 조금 멀어질 수 있는 길은 있다. 각자 나름대로 준비하고 있을 것이다. 이 전쟁에서 조금이나마 벗어날 수 있는 핵심 키워드는 숲, 즉 산림이다. 산림치유의 가치를 떠나서 우리가 숲속으로 깊이 들어가야 할 아주 단순한 이유이기도 하다.

2023년
김태일

차례

여름 : 치유가 필요해

가을 : 작은 행복의 위대한 여정

겨울 : 새로운 출발

봄

걷기의 시작

고산골의 봄은 사계의 작곡가 비발디의 고향 이탈리아 베네치아의 봄과 닮았다. 이탈리아를 가보지 않고서 고산골과 베네치아 봄의 닮은 꼴을 얘기하는 건 무리이겠지만, 비발디의 바이올린 협주곡 사계 가운데 봄 3악장은 고산골에서도 그대로 느낄 수 있기 때문이다. 사계에는 양치기들이 봄을 누리는 주인공이지만 고산골은 고산골 사람들의 봄 노래가 골골마다 울린다. 고향의 봄 노랫말 가사 가운데 '울긋불긋 꽃 대궐 차린 동네' 에서 꽃 대궐의 참된 의미를 고산골에서 비로소 제대로 느꼈다.

진짜 행복해 보이네요

"또 산에 갑니까? 정말 대단하네요."

"가장 행복한 시간입니다."

"진짜 행복해 보이네요."

고산골을 가기 위해 매일 아침 5시쯤 집을 나서다가 자주 만나는 작가와 10년째 나누는 대화다. 이분은 아파트 같은 라인에 사는 대구의 대표적인 설치예술가다. 그녀도 아침 5시면 아파트 지하에 있는 작업실로 어김없이 내려가 작업에 몰두, 하루 12시간 정도를 작품에 매달리며 열정적으로 사는 작가다. 이런 작가의 눈에도 매일 산에 가기 위해 집을 나서는 게 신기한 모양이다. 똑같은 질문과 같은 대답을 내뱉지만 서로 인정하며 내심 엄지를 치켜세운다. 매일 아침 일찍 작업실로 내려가는 작가도 정말 행복해 보인다. 언제나 단정하게 쪽진머리를 하고서 밝게 웃으며 작업실로 향한다. 그 모습을 보기만 해도 행복한 아우라가 가득한 분이라는 걸 느낄 수 있다.

　하루를 이처럼 행복하게 시작하는 분들이 얼마나 될까? 물론 하루의 시작을 행복하게 첫발을 내디뎠다고 해서 종일 행복한 것도 아니다. 그 뒤의 시간은 골치 아픈 문제가 - 직장 내 해결해야 할 난제, 집안의 경제문제, 자녀 문제, 건강 문제 - 엄청 많이 흩어져 있어 힘든 건 여느 사람과 마찬가지다. 다만 힘든 일상이지만, 적어도 아침 시간만은 행복하다고 자부한다. 아침을 행복하게 시작했다고 해서 그 뒤 시간의 고달픔이 해결되느냐고 묻는다면 당연히 아니라고 대답할 수밖에 없다. 행복한 아침 시간이 점심과 저녁 시간에도 이어지고, 그 행복함이 사계절 계속된다면 좋겠지만, 그런 삶을 사는 이는 거의 없을 것이다.

　그러나 적어도 하루 가운데 특정 시간을 행복할 수 있는 건 엄청난 힘이고 삶의 에너지다. 또 아침 시간의 엄청난 힘과 에너지가 그 뒤에 따르는 난제들을 풀어가는 데는 상당히 도움이 되는 것도 분명하다. 난제 해결에 직접적인 영향을 주지는 못하겠지만 아침 시간의 행복한 에너지와 힘으로 남들보다는 조금 쉽게 해결하는 듯하다. 신은 인간이 감당할 수 있는 만큼의 시련을 준다는 말처럼, 감당할 수 있는 시련이라면 행복한 에너지를 가진 사람은 그렇지 못한 이보다는 해결하려는 에너지가 훨씬 높을 것이다. 물론 신이 주신 시련이 인간으로서 도저히 해결할 수 없는 거라면 그건 행복한 에너지를 가진 자나 그렇지 못한 사람이나 마찬가지다. 이럴 때는 그저 하늘의 결정에 맡길 수밖에 없다. 다만 하늘의 결정을 기다리는 과정은 행복한 에너지를 가진 자가 훨씬 여유 있고, 그것을 받아들일 준비를 충분히 할 수 있을 것이다.

10년째 고산골 아침 등산을 할 수 있는 힘은 진짜 행복해 보인다는 주변 칭찬의 힘만은 결코 아니다. 물론 주변 사람들의 이 말이 나의 방향성이 나쁘지 않다는 걸 확신하게 만들어 준다. 그러나 10년 세월은 스스로 행복하다고 느끼지 못했다면 결코 할 수 없는 시간이다. 진짜 행복해 보인다는 주위의 칭찬에 부응하기 위해 이 시간을 참고 견딜 만큼 참을성이 대단한 사람도 결코 아니다. 단언컨대 아침 5시에 고산골을 올라 돌아올 때까지 2시간은 정말 행복하다. 매일 아침 느끼는 이 행복감 덕분에 10년 세월을 주야장천 고산골을 외쳤다. 오죽하면 주변 지인들은 '고산골 홍보대사'라고 부를까. 물론 매일 새벽 산행하는건 힘들다. 피곤한 날에는 가기 싫어서 침대에서 뭉그적거리기도 하고, 고산골까지 가서도 차를 집으로 되돌린 적도 많았다. 특히 한여름 아침부터 숨을 턱턱 막히게 하는 무더위에는 '내가 왜 이러지?'라며 자책하다가도 시원한 산바람 한 번에, 나무마다 들려오는 새소리에, 계곡 물소리에 조금 전까지 가졌던 부정적 생각은 한 순간에 사라지고 역시 고산골이 최고다를 연발한다.

나만 그런 게 아니다. "가장 행복한 시간"이라고 선창하면, 고산골 사람 모두가 "맞아요."라고 합창한다. 고산골 약수터에 매일 모이는 분들은 한결같이 약수터 마지막 걸음을 디디면서 "아이고 힘들다."를 말하지만 모두 활짝 웃고 있다. 행복하지 않으면 나올 수 없는 미소다. "아이고 힘들다." 하소연은 오늘도 고산골 약수터까지 오느라 수고했다고 스스로에게 보내는 칭찬을 담은 한숨이다. 고산골 약수터를 거의 매일 아침 시간에 오르는 분들은 한정돼 있다. 50대에서 80대에 이르는 이들은 최소 10년 경력을 보이고, 오래된 분들은 40년 이상의 경력을 자랑하기도 한다. 이들의 사정을 내밀하게 다 알지는 못하지만 대부분 고산골 전도사로서 산속 걷기를 예찬하는 분이다. 그만큼 하루를 행복하게 시작할 수 있다는 건 그 어떤 순간보다 가치 있고 좋다는 걸 몸으로 깨닫고 꾸준히 실천하는 사람이다.

고산골 10년 숲속 걷기를 실천할 수 있었던 건 이들과 서로 공감하고 소통한 것도 중요한 요소로 작용했다. 혼자 외로이 10년 동안 매일 아침 고산골을 걸었다면 아마도 지쳐서 계속할 수 없었을는지 모른다. 아침마다 꾸준히 고산골을 올라가는 분들이 존재했기 때문에 지쳐서 내려가고 싶을 때도 서로 얼굴 도장찍기를 위해 약수터 행을 포기하지 않고 실천할 수 있었다. 이분들과 함께 도둑처럼 몰래 다가오는 가을을 감지하고서 서로 정보를 주고받으면 계절을 앞서 보는 선지자가 되기도 한다. 하루살이가 도둑처럼 다가오는 계절을 알고서 밤새 감쪽같이 사라지며, 자연의 순리를 따르는 걸 보면 경이롭기도 하다. 이 행복은 숲속과 절친이 되지 않고서는 도저히 체감할 수 없다.

행복하라, 주위에 차고 넘치는 말이고 문자이다. 어느 시인은 말했다. 문자와 글로 이해하는 건 헛것이라고. 고산골 숲속 걷기를 통해 몸으로 체험한 행복이었기에 시인의 한숨도 바로 와닿는다. 나라마다 신비의 샘 이야기는 차고 넘친다. 이 샘이 가진 신비의 힘은 샘에 있는 게 아니다. 그 샘에 가는 길에 신비의 힘이 곳곳에 숨겨져 있다. 샘에 물을 길으러 가면서 숨겨져 있는 신비의 힘을 줍기만 하면 된다. 여기에 바로 숲의 위대한 비밀이 숨겨져 있다. 고산골은 신비의 샘이 콸콸 흘러넘치는 숲이다.

최고의 화가들이 필요해

　날마다 가슴 설레는 여행으로 하루를 여는 사람은 몇이나 될까? 나는 10년 동안 매일 아침 2시간짜리 멋진 여행을 한 뒤에 하루를 시작한다. 고산골은 그만큼 설렘을 주는 곳이다. 물론 30년~40년 동안 고산골에서 매일 새벽을 여는 터줏대감들 역시 설레지 않는 날들이 거의 없을 것이다. 아니 오히려 10년 애송이보다 훨씬 더한 설렘을 가졌다고 믿는다. 고산골 사람들을 그렇게 설레게 만드는 모습을 담는 게 참 어렵다. 틈만 나면 사진으로 고산골 현장을 남기지만 항상 아쉬움이 가득하다. 그만큼 고산골의 모습은 그려내기가 쉽지가 않다. 고산골에 설렘으로 하루를 시작하는 이들을 그려낼 수 있는 화가가 있다면 얼마나 좋을까 하는 생각이 자주 든다. 고산골을 제대로 그려 낼 화가를 소환할 수 있다면, 3명의 화가만 있다면 고산골의 아름다움과 멋짐을 그려낼 수 있지 않을까?
　우선 소환하고픈 첫 번째 화가는 빛의 예술가인 프랑스 클로드

모네다. 안개가 자욱한 고산골에 안개가 걷히면서 아침 햇살이 나뭇잎 사이로 비칠 때 모습은 그야말로 장관이다. 글로는 도저히 표현할 수가 없다. 지난 10년 동안 이런 장면을 수십 번 사진으로 기록을 했지만, 단 한 번도 그 멋진 모습을 그대로 담지는 못했다. 눈에 보이는 몽환적인 모습을 사진으로 담는 데는 한계가 있을 수밖에 없다는 걸 절감했다. 빛의 화가인 모네라면 고산골 사람들의 아쉬움을 덜어줄 수 있을 것 같다.

고산골 새벽을 무겁게 누른 안개가 걷히면서 햇살이 비출 때면 모네의 정원 지베르니 주인공 수련 만큼이나 화려하게 빛난다. 고산골 여름 아침은 여우비가 자주 내린다. 여우비가 내린 후 밝게 개는 고산골 풍광을 제대로 담아낼 수 있다면 틀림없이 수련에 버금가는 명작이 될 거다. 아침 고산골은 10년을 다녀도 질리지 않게 하는 묘한 매력이 넘치는 숲이다.

단원도 타임머신을 타고 고산골로 들어온다면 흥분을 감추지 못할 것이다. 씨름·서당·무동 등 200여 년 전 단원의 명작들을 뛰어넘을 수 있는 풍속화의 소재가 골골마다 넘치기 때문이다. 고산골 사람들의 아침 모습은 정말 다양하고 역동적이다. 단원의 씨름에서 보는 것처럼 활력이 넘치고, 서당의 주인공만큼 희로애락의 다양한 얼굴을 가진 곳이다.

고산골은 골골마다 특색 있는 커뮤니티를 형성하고 있다. 고산골 입구인 앞산공원관리사무소 주변은 고산골 어른들의 사랑방이다. 고산골 입구에서부터 공원관리사무소까지는 평탄하고 넓은 길이며 아름드리 메타세콰이어 가로수도 시원하게 조성돼 있고, 야외 조각공원 등이 자리 잡고 있어 어른들의 사랑방으로 제격인 곳이다. 이른 아침 시간에 이곳을 찾는 어른들은 여든을 넘기신 분들이 대부분이다. 새벽부터 나와 벤치와 쉼터에 자리 잡고서 자신의 철학과 정치관을 쏟아내는 공간이면서, 젊은 시절의 얘기보따리를 푸는 곳이기도 하다. 이곳을 스쳐 지나쳐도 그날 자 우리 언론의 헤드라인 뉴스를 짐작할 수 있을 만큼 정치성이 강한 곳이기도 하다. 특히 이곳에는 토끼 가족 덕분에 새로운 볼거리가 생겼다. 어른들의 귀염둥이로 사랑을 듬뿍 받는 토끼 부부가 2022년 여름에 새끼 다섯을 나아 어르신들을 안달하게 하고 있다. 아침 일찍부터 신선한 야채를 들고서 토끼 가족을 찾는다. 요즘 고산골의 새로운 이슈메이커다.

고산골에서 조금 벗어난 용두토성 쉼터에는 또 다른 아침 풍경이 만들어진다. 여기는 60~70대 여성들의 춤바람 현장이다. 이쁜 댄스 옷을 맞춰 입은 20명 남짓한 여인들이 격렬하게 줌바댄스를 추면서 하루를 시작한다. 용두토성 쉼터 여성들의 춤바람 현장은 자주 보지는 못한다. 나의 목적지인 고산골 약수터와는 방향이 다르기 때문이다. 주말이나 휴일, 용두토성을 통해 산성산~앞산 정상에 이르는 등산 코스를 따라가야만 이들의 춤바람 현장을 직관할 수 있다.

단원이 특히 눈여겨보아야 할 곳은 고산골 약수터다. 약수터는 고산골 주차장에서 조금은 가파른 산길 2.5km 정도 걸어야 한다.

여기는 행복이 샘솟는 약수터다. 물론 약수터에는 지자체에서 음용수로 부적합하다는 안내판을 설치, 샘물은 먹지 못한다. 샘이 어떤 원인으로 마시기 부적합한지 구체적인 안내는 없다. 어르신들은 지자체에서 약수터 수질검사를 매번 하기 귀찮아서, 그리고 약수 음용에 따라 혹시 있을지 모를 부작용을 걱정해 무조건 부적합 판정을 내리는 것 같다고 말한다. 여하튼 이곳의 시원한 샘물은 못 먹는 대신에 행복은 마음껏 마실 수 있다. 이 행복은 누가 가져다줄 수 있는 게 아니다. 오로지 숲속을 스스로 걷고 또 걸어야만 얻을 수 있는 값진 선물이다. 그것도 이 선물의 가치를 제한하는 게 아니라 행복 샘터를 찾는 이들이 원하는 만큼 고산골은 아낌없이 무한대로 준다.

행복 샘이 솟아나는 고산골 약수터의 주인공 역시 다양하다. 우선 새벽 4시면 고산골 약수터를 오르는 그룹 10여 명이 있다. 자타가 인정하는 고산골 산신령과 그의 추종자들이 핵심이다. 이들은 한때 매일 약수터에서 에어로빅을 함께 하며 단합을 과시했지만, 최근에는 회원 몇 명이 건강 등의 이유로 대열을 이탈, 조금은 지지부진한 상태다. 그다음은 나를 비롯한 50~70대가 주류를 이루는 팀이다. 이들은 새벽 5시면 등산을 시작하는데, 모두가 각자도생하는 스타일이다. 대부분 홀로 등산하고 하산 역시 각자 알아서 한다. 물론 고산골 약수터에 이르는 과정에는 법장사와 법장사 옆 체력단련장, 배드민턴장과 가무장 역시 고산골 사람들의 주요한 사랑방이다. 고산골 사람들의 이야기는 나중에 다시 구체적으로 얘기할 예정이다.

　고산골 관리사무소 앞에서 최근 유쾌한 명숙 씨와 재회했다. 유쾌한 명숙 씨의 아침 행보를 보면 고산골 어르신들의 숲속 걷기 변천사를 읽을 수 있다. 10년 전 고산골 약수터에서 처음 본 그녀는 정말 유쾌했다. 그래서 항상 유쾌한 명숙 씨라고 불렀다. 명숙 씨는 나이도 훨씬 어린 놈의 도발에 유쾌하게 즐거워하며 맞장구를 쳐준 분이다. 어느 날부터 그녀가 고산골 약수터에서 모습을 감추었다. 아마도 당시 60대 후반이었던 명숙 씨는 매일 아침 왕복 5km에 이르는 약수터까지 걷기는 힘에 부쳤을 것으로 보였다. 약수터에서 행방을 감춘 명숙 씨는 그다음에는 용두토성 줌바댄스에 합류해 있었다. 올 초까지 줌바댄스 현장에서 춤을 췄던 명숙 씨가 고산골의 가장 힘든 시기인 무더운 여름을 맞아 고산골 어르신들의 사랑방인 공원관리사무소 앞에 진을 치고 또래와 수다방 방장 노릇을 하고 있었다. 여전히 유쾌하게 웃으며 대화를 주도하면서.

　명숙 씨처럼 단계별 행보를 보이는 분들은 고산골과 헤어지는 과정을 밟기 때문에 그나마 궁금증을 덜 수 있다. 처음에는 약수터까지 매일 걷다가 힘 부치면 가무장에서 멈추고, 다음은 법장사에서, 마지막은 공원관리사무소에서 걸음을 멈추는 게 고산골 사람들의 행보다. 관리사무소 앞에서 모습을 감춘 분은 하늘 여행을 떠나셨거나, 요양원 등으로 헤어지는 과정을 거친다고 보면 된다.

　그러나 상당수는 어느 날 소리 소문 없이 자취를 감춰 촉각을 곤두서게 한다. 가장 대표적인 분이 동인동 김 사장이다. 이분은 고산골 약수터를 30년 이상 가장 일찍 오르고, 항상 깨끗이 청소를 하시는 분이다. 우리 사회 구석진 곳에서 묵묵히 이웃을 위해 봉사하시는 천사처럼 고산골 약수터를 빛나게 한 지킴이다. 그는 새벽 3시에 동인동 집에서 자전거를 타고 나서서, 새벽 4시면 고산골 약수터에서 운동기구를 일일이 닦고 청소했다고 한다. 고산골 사람들은 그를 대구를 빛낸 사람으로 추천하자고 할 정도였다. 사실 나는 약수터에서 이분의 모습을 단 한 번도 본 적은 없다. 내가 고산골을 걷기 시작해 공원관리사무소 앞을 통과할 때쯤 내려오는 김 사장과 만났기 때문이다. 워낙 고산골을 위해 솔선수범하신 분이어서, 많은 분의 칭송이 잦아 항상 먼저 인사했다. 그런데 이분이 갑자기 고산골에서 자취를 감추었다. 고산골 터줏대감들에게 물어도 이사 갔다는 소문이 있는데 확인되지 않는다고 했다. 전화 통화 역시 되지 않는다면서 아무 일 없기를 바랐다. 동인동 김 사장께서 고산골에서 자취를 감춘 지도 벌써 6~7년은 지났다.

고산골을 스쳐 지나가는 이들은 정말 수없이 많다. 지금도 고산골 주인공은 골골마다 시간대마다 바뀐다. 새벽시간을 고산골에서 함께 하는 분들의 이야기 외에는 솔직히 알 수 없다. 그들에게도 엄청난 얘기가 담겨 있을 것이다. 정현종 시인은 '사람이 온다는 건/ 실은 어마어마한 일이다./ 그는/ 그의 과거와/ 현재와/ 그리고/ 그의 미래와 함께 오기 때문이다.' 라고 말한다. 시인의 말처럼 고산골에는 수많은 사람의 이야기와 또 스쳐 지나가는 이들의 삶까지 더한다면 실로 엄청난 얘기들이 쌓여 있다. 어쩌면 우리 최고의 풍속화가 단원도 완전하게 재현하지 못할 이야기를 아둔한 내가 어찌 그려 낼 것인가? 아침 시간에, 그것도 2시간 여행 시간에 주워들은 이야기를 들려줄 수밖에 없다. 숲은 단음절 언어이지만 그 속에는 무궁무진한 경이의 세계가 숨어 있다.

고산골에는 화조도에 일가를 이룬 화가도 꼭 필요하다. 고산골 4계절을 채우는 식물이나 꽃, 나무는 물론 조류와 곤충 종류는 아주 다양하다. 고산골 10년 걷기를 통해 항상 아쉬운 점 하나는 어느 새가 울고 있는지 알지 못한다는 거다. 고산골 주차장에 내리는 순간부터 약수터까지 걷는 내내 온갖 새와 벌레가 운다. 어떤 새와 벌레가 노래하는지 안다면 아침 여행은 훨씬 풍성해질 텐데 하는 아쉬움이 항상 있다. 특히 여름을 제외하고 새벽 등산은 어둠 속에서 할 수밖에 없어 숲속에서 울고 있는 조류가 어떤 새인지 궁금하다.

우리의 오감 가운데 청각 반응이 가장 빠르다. 청각은 0.1초 만에 반응하고 그다음이 시각(0.2초)과 후각(0.5초), 촉각(0.9초) 순으로 감각이 움직인다. 숲속에서는 그만큼 소리가 중요하다. 새소리를 구분해 주는 앱을 이용해 보기도 하지만 여러 새들이 같이 노래한 탓인지 구별하는 게 쉽지가 않다. 물론 이름 모를 새와 이야기하며 걸을 수 있지만, 새들의 이름을 불러주면서 대화하고 싶다. '내가 그의 이름을 불러주었을 때/ 그는 나에게로 와서/ 꽃이 되었다'고 김춘수 시인은 노래했다. 새의 이름을 불러줄 때 노래로 화답하면 그 공감은 훨씬 깊어질 것이기 때문이다. 행복한 사람은 행복한 사람끼리 모인다고 한다. 아침마다 지저귀는 새들의 행복한 노래를 들으며, 그들과 함께 숲속을 걷고 싶다.

매일 아침 떠나는 고산골 여행에서 좀 더 많은 행복을 얻고, 고산골과 좀 더 공감하며 하나가 되는 시간이 되기 위해서 엉뚱한 상상을 수시로 하고 있다. 더구나 고산골은 사람들의 상상을 자극하고, 상상을 꿈꾸게 하는 숲이다.

고산골은 대구 신천과 앞산을 잇는 첫 번째 골짜기다. 앞산자락 길의 출발 지점인 고산골은 신라 말 왕자 생산을 간절히 원한 임금이 꿈에 나타난 백발 노인의 이야기에 따라 고산골에 고산사를 짓고, 백일기도 드려 왕자를 낳았다는 전설을 가진 곳이다. 고산사는 임진왜란 때 소실되었다가 지금은 법장사로 재건했는데, 신라시대 3층 석탑은 그대로 남아 있어 많은 이야기가 담긴 절이다. 고산골 주변 불자들의 새벽 기도처로 인기가 높은 사찰이다. 큰 덩치 탓인지 코끼리 스님으로 불리는 이 절의 스님은 매일 새벽 예불을 드린다. 다른 종교인도 이 스님의 목탁 소리를 좋아한다. 나도 고산골 3대 소리를 새소리, 계곡 물소리, 코끼리 스님의 목탁 소리를 꼽는다. 고요한 새벽에 울리는 목탁 소리는 또 하나의 자연이다.

고산골은 주차장부터 2.5km 정도 떨어진 약수터까지 시멘트로 포장된 임도인 데다, 가로등이 등산길을 밝히고 있어 눈·비를 가리지 않고 4계절 편안하게 등산할 수 있는 곳이다. 자연히 인근 주민들은 물론, 청도나 대구 북구 등 먼 곳에서도 새벽 등산을 위해

이곳을 찾고 있다. 한마디로 새벽 등산 매니아들의 성지이며, 봄은
특히 그렇다.

숲속 걷기가 너희를 자유롭게 하리라!

진리가 너희를 자유롭게 하리라, 설명이 필요 없는 말이다. 요한복음서에 기록된 예수의 말이다. 오랜 시간을 교회에 다녀 이 말이 머리로는 이해가 됐지만, 단 한 번도 가슴에는 와닿지는 않았다. 아내가 이 글을 보면 펄쩍 뛸 노릇이지만 솔직한 마음이다.

고산골 아침 산행을 평상시처럼 하던 어느 날, 이 말이 가슴속 깊이 박히는 것을 뜨겁게 느꼈다. 지금도 선명하다. 고산골 법장사를 지나 오르막길을 10여 분 정도 걸으면 나타나는 작은 다리 위에서다. 머리에서 가슴까지 여행이 세상에서 가장 먼 여행이라고 한다. 수십 년 동안 목적지를 찾지 못하고 이리저리 헤매다가 마침내 고산골에서 자유를 얻게 된 것이다. 몸과 마음의 자유로움이 깊이 다가오면서 자신의 믿음과 철학을 위해 열심히 전도하는 사람의 마음이 온전히 이해됐다. 얼마나 좋았으면 미친 듯이 교회(절) 나오라고 바짓가랑이를 붙잡고 늘어지겠냐는 생각이 가슴을 울렸다. 주변 사람 하나하나를 붙잡고 고산골에서 걷고, 또 걷자고 소리치고 싶은 마음이 깊숙한 곳에서 용트림했다. 숲속 걷기 행복감이 어느 날보다 충만한 이유는 곳곳에 있었다. 숲이 주는 무한 선물들이 한눈에 보여 감사한 마음이 용솟음쳤다.

이날은 고산골이 너무나 아름다웠다. 아침 산행길은 벚꽃과 봄꽃들이 활짝 피어 아름다움을 한껏 뽐내고 있었다. 산새들도 나무마다 요란하게 지저귀며 귀를 즐겁게 해 줬다. 하산하던 할머니 한 분과 동인동 스틱 부부는 함께 노래를 부르며 장단을 맞추고 있었다. 할머니는 장사익의 '연분홍 치마가 봄바람에 휘날리더니~'를, 동인동 스틱 부부는 찬송가 '참 아름다워라'를 부르며 화답하고 있었다. 70대인 이 부부는 "교회는 다니지 않지만 찬송가가 저절로 나오는 아침이다."며 즐거워했다. 이들은 항상 스틱을 들고서 등산하기 때문에 동인동 스틱 부부로 불린다. 내가 하늘나라에 온 건 아닐까 하는 착각이 들 정도였다. 고산골 걷기 가치가 최고의 상한가를 때리는 순간에 큰 깨달음을 얻은 것이다. 이 순간이 불교에서 말하는 한순간에 깨달음을 얻는 돈오돈수頓悟敦壽인지, 꾸준한 수련을 통해 득도하는 돈오점수頓悟漸修 과정인지 따지는 건 무의미하다. 돈오돈수이면 어떻고, 돈오점수인들 무슨 의미가 있을 것인가? 그저 내 삶에서 그 순간이 어떻게 다가왔으며, 그게 내 삶에 어떤 영향을 미쳤는가가 중요하다.

당시 나는 대학으로 직장을 옮겨 완전 새로운 일을 하고 있었다. 대학은 새로운 비전과 발전을 위해 교명을 바꾸며 대대적인 혁신을 할 때여서 어려운 일들이 넘쳤다. 교명 변경에 따른 홍보 계획 수립은 난제였다. 특히 교명 변경을 상징적으로 표현할 수 있는 대학 로고와 이를 효과적으로 알릴 수 있는 방송광고 제작은 핵심 과제였다. 로고는 지역의 CI제작사에서 우리 대학을 정말 제대로 표현한 심벌마크를 제안해 줘서 쉽게 해결했지만 광고제작은 좀처럼 해답이 보이지 않았다.

아침마다 고산골에서 수많은 질문을 던지고, 해답 찾기를 수없이 반복했다. TV 인기드라마 '광고천재 이태백'의 실제 주인공인 광고천재 이제석을 대학의 광고 제작 책임자로 영입하게 된 것도 고산골에서 한 질문 덕분이다. 아토피 피부병에 걸린 것처럼 거친 껍질을 가진 물박달나무에게 누가 해결사일까?라고 답답함을 묻는 순간, 대구의 광고제작자가 이제석 씨와 친하게 지낸다는 얘기를 오래전 들었던 기억이 불쑥 떠올랐다. 다음은 오롯이 이제석 영입에 몰입해 원하는 결과를 얻었다.

광고 제작과정은 완전 허들 경기였다. 제작비가 넉넉하지 않았기 때문에 안팎으로 어려움을 겪었다. 험난한 인내의 시간과 설득의 과정을 거쳐 TV 광고는 만들어졌다. 광고는 역시 광고천재라는 이름에 걸맞게 단순하면서도 대학의 새로운 비전을 잘 표현해 냈다. 덕분에 대학의 교명 변경은 종전 이름이 생각나지 않을 정도로 쉽게 안착했다는 평가를 받을 만큼 성공적이었다. 태어나서 처음으로 코피 터져가며 일했다. 고산골을 걷지 않았다면, 나는 당시 이 과정들을 결코 완수해 내지 못했을 것으로 확신한다.

20대에 다국적기업 임원이 될 만큼 일찍이 될성부른 떡잎이었지만, 모든 걸 내려놓고 행복을 위해 숲속으로 떠난 스웨덴 영성 지도자 비욘 나티코 린데블라드는 "누구나 약간의 연습만 하면 생각을 내려놓을 능력이 있지만, 우리는 같은 운동장 트랙을 반복해 계속 돌고 있어 자유롭지 못한 삶을 산다."며 숲으로 갈 것을 얘기했다. 물론 그는 그러면서도 '내가 틀릴 수 있어, 내가 다 알지는 못해'라는 생각에 익숙해지는 것이 확실한 행복으로 가는 방법이라고 말한다.

주변에서 어려운 문제를 두고 고민하면, 나는 걷고 또 걸으면 모든 건 해결된다고 말한다. 무슨 귀신 씨나락 까 먹는 소리냐고 반문할 수 있다. 그러나 어려운 고민을 얘기하는 분들에게 항상 하는 얘기다. 그것도 가능하면 숲속에서 걷고 또 걸으면 해결된다고. 우리가 직면하는 어려운 문제는 단 세 가지다. 첫째는 내가 해결할 수 있는 문제고, 그다음은 시간이 지나야 해결되는 문제다. 마지막은 아무리 발버둥 쳐도 해결할 수 없는 문제다. 두 번째와 세 번째 문제는 나의 능력이나 노력과는 사실 크게 상관이 없다. 그저 시간이 흐르기를 기다리거나, 누구에게도 기대하지 못하고 하늘에 맡길 수밖에 없다.

내가 해결할 수 있는 문제는 어떻게 최선의 해결 방법을 찾아내느냐가 관건이다. 그러나 최선의 방법도 사실 다 나와 있다. 다만 쉽게 결정을 내리지 못하고 머릿속에서 끊임없이 이럴까 저럴까를 고민하기 때문에 자꾸만 꼬인다. 이런 문제는 단순화해야 쉽게 풀린다. 문제를 단순화하는 방법은 걷기가 최고다. 그것도 상쾌한 공기와 새소리, 계곡 물소리 같은 백색소음이 넘치는 숲에서 걷고 걸으며 가지치기를 하면 의외로 쉽게 해결책을 찾게 된다.

"생각이 많으면 용기는 줄어든다." 런던올림픽 여자 펜싱 에페 준결승전에서 멈춰버린 1초 오심 때문에 결승 진출이 좌절된 신아 람 선수가 도쿄올림픽 해설에서 한 말이다. 실전에서는 몸에 밴 감 각으로 반응해야지, 생각을 많이 하면 주저하게 된다는 의미인 듯 하다. 선수들이 계속 훈련의 반복을 통해 실전에서 감각적으로 반 응하듯이, 우리 생각 역시 계속 덜어내는 연습을 통해 단순화시킬 수 있어야 행복한 일상을 만들어 갈 수 있다. 숲은 덧셈과 곱셈의 셈법에만 익숙한 우리에게 뺄셈과 나눗셈의 가치가 삶에서도 굉 장히 유용하다는 걸 일깨워 준다.

'별장과 애인은 갖는 순간 후회한다' 중년 남성 사이에 한때 유 행하던 유머다. 그만큼 사후 관리가 힘드니 아예 꿈도 꾸지 말라는 충고의 말일 것이다. 그러나 숲속 애인은 다르다. 나는 한때 모임 등에서 자신을 소개할 때 '날바람 김태일'이라고 했다. 날마다 바 람 피우는 남자라고 하면 모두 눈이 동그래진다. "숲을 너무 사랑 해서 매일 애인 만나러 가는 기분으로 숲속에서 하루를 시작하기 때문"이라고 하면 그제야 고개를 끄덕인다. 이 소개는 강렬했다. 웬만하면 나를 기억해 주었기 때문이다. 지금도 그렇지만 고산골 사랑에 빠졌을 때는 정말 아주 멋진 애인을 만나러 가는 기분이었 다. 2014년 8월 19일 페이스북에 올린 글이 8년 후인 2022년 8월

19일자 페이스북 뉴스피드에 떠올라

〈나에게도 멋진 애인이 있어요〉

마눌님 왈 "오늘 또 가나? 산속에 애인 있나, 뭐 할라꼬 매일 가노."라고 오늘도 넋두리했습니다.

애인, 애인도 이렇게 멋진 애인이 어디 있을까요?

비 온 뒤 고산골은 정말 멋있습니다.

계곡 물소리가 모든 것을 삼킬 듯이 넘치죠.

콸콸 흐르는 물소리가 모든 것을 삼킨 듯해도, 자세히 들어보면 매미 소리, 새소리도 곳곳에 울려 묘한 조화를 이루고 있습니다.

여기에다

저를 향한 예수님 사랑만으로 부족하다고 생각하셨는지, 고산골 법장사 코끼리 스님은 매일 새벽예불로 부처님 자비도 넘치게 해 달라고 기도해 주고 계십니다.

이런 멋진 애인을 어떻게 하루라도 보지 않을 방법이 있을까요?

고산골에 대한 사랑의 감정은 8년이 지나도 여전하다. 이 사랑의 감정이 언제까지 계속될는지 정말 궁금하다. 숲속에서의 자유로움을 느끼는 한 계속될 것으로 믿는다. 아니 숲속 자유로움을 계속 누리기 위해 오늘도 부지런히 걷고 또 걸어야 한다. 그것만이 영원한 자유를 얻을 수 있다.

숲속에서 일상을 즐기는 이들에게 고산골에서 느낀 자유로움을 얘기하면 한결같이 고개를 끄덕인다. 숲속 걷기가 그만큼 우리의 몸과 마음의 맷집을 단단하게 만들어 주고 있기 때문이다. 몸과 영혼의 자유를 위해 당장 숲속으로 달려가자. 내일부터, 다음에라고 하는 악마의 속삭임을 뿌리치고. 지금 당장 신발 끈을 조여 매자! 우리는 매번 악마의 속삭임에 발목 잡힌다. 우리의 성찰을 위해, 내적 성장을 위해 그리고 건강한 신체를 위해 숲과 입맞춤해야 한다.

세상 가장 위험한 곳을 벗어나는 법

"세상에서 가장 위험한 곳은 어디일까?" 한의사인 친구 C가 자주 던지는 질문이다. 나는 병원이라고 대답했지만, 상당수는 COVID19의 영향인지 사람이 많은 곳이라는 대답도 많다. 그가 원하는 정답은 침대다. 그 이유는 대부분 사람이 침대에서 이 세상을 떠나기 때문이다. 가장 안전하고 편안한 곳으로 여기는 침대가 우리 삶에서 최고의 위험지역이라는 것을 강조하기 위한 질문인 것 같다.

그러나 코로나 시대에는 '이불 밖은 위험해'라는 키워드가 우리 사회 전체를 관통할 정도로 안전한 곳에 대한 사람들의 욕구는 커져만 가고 있다. '이불 밖은 위험해'라는 제목으로 예능도 있다. 사회 전체가 우리 가족만이 공유하는 공간인 집의 안전함을 강요하고 있다. '세상에서 가장 위험한 곳＝침대'라는 등식은 전혀 어울리지 않는 역설이다. 팬데믹pandemic 시대에도 이불 밖이 위험한 게 아니라 그 속이 더 위험하다.

　지난 여름휴가 때, 부산으로 가족여행을 간 우리 가족은 돌아와서 두 아이와 장모님이 코로나 확진 판정을 받았다. 이때는 코로나가 다시 확산하는 시기여서 우리는 가능하면 호텔에 머물기로 하고, 해운대 주변 산책 등 열린 공간이 아닌 곳의 방문은 자제했는데도 이런 결과를 얻었다. 아마도 휴가 가기 전 코로나 증세가 살짝기 있은 둘째와 호텔 방에서 함께 뒹굴었기 때문인 듯하다. 역시이불 밖이 위험한 게 아니라 침대가 훨씬 더 위험하다는 걸 반증한다. 물론 '세상에서 가장 위험한 곳 침대'는 이런 의미가 아니다. 우리가 가장 안전하다고 인식하는 그곳이 사실 가장 위험한 공간이니 밖으로 나가라는 거다.

　그리스 신화 프로크루스테스의 침대는 가장 위험한 침대다. 노상강도인 프로크루스테스가 지나가는 나그네를 자신의 침대에 눕혀서, 키가 침대보다 크면 그만큼 잘라내고, 키가 침대보다 짧으면 억지로 침대 길이에 맞춰 죽인다. 프로크루스테스의 침대는 자기의 기준이나 생각에 맞춰 타인의 생각을 바꾸려 하거나, 자신의 아집을 굽히지 않는 것을 빗댄 말이다. 견강부회牽强附會나 아전인수我田引水와 같은 의미로 해석된다.

　그러나 나는 프로크루스테스의 침대를 달리 해석하고 싶다. 여행에 지친 나그네가 가장 안전하다고 생각한 침대에 눕는 순간 가장 위험한 결과를 초래한다는 걸 얘기하는 신화라고. 물론 이런 신화 읽기를 엉터리라고 하면 할 말이 없다. 이걸 논증할 만큼 신화

해석에 대해서 지식이 있는 건 절대 아니다. 그러나 편안할 때 위태로울 때의 일을 생각하라는 거안사위居安思危의 중국 춘추전국시대 고사를 보면 틀린 해석은 아닌 것 같다. 인류 역사와 개인의 삶에서 편안함에 취해 위험을 생각하지 않다가 나락으로 떨어진 건 부지기수다.

편안한 침대는 화장실 같은 의미로 이해해야 한다고 생각한다. 화장실은 반드시 필요한 공간이다. 내 몸의 건강을 위해 몸속 노폐물을 배출하고, 배출욕구를 충족함으로써 정서적 안정을 찾을 수 있는 공간이다. 그러나 화장실이 신체와 정신적 안정을 준다고 해서 오래 머물 수 있는 공간은 아니다. 물론 오스트리아 심리학자 닉 해즐럼은 『화장실의 심리학』에서 프로이트의 항문기 성격에 대해서 분석하고, 화장실의 낙서를 중요한 문학 장르로 탐구해야 한다고 주장하는 등 화장실에 다양한 심리학적 의미를 부여하지만, 그건 어디까지나 다양한 학문적 고찰이다. 우리는 화장실에서 가능한 짧게 머무르면서 최대한 효과를 거둬야 한다. 어쩌면 경제학 이론이 가장 적합하게 적용되는 공간일지도 모른다.

침대도 마찬가지라고 생각한다. 나의 안식과 지친 몸을 쉬게 하는 역할로써 머물러야지 이불 밖은 위험하다는 생각에, 그래서 침대가 안전한 공간이라는 생각에, 거기에 한없이 머물러서는 안 된다. 사람들은 가장 안전해 보이는 침대가 가장 위험하다는 것에는 쉽게 공감하지 못하는 것 같다.

멧돼지보다 암 덩어리가 훨씬 위험하다.

고산골 아침 산행 20여 년 경력을 자랑하는 K 여인이 한 말이다. 40대 초반 유방암 수술을 한 그는 퇴원하자마자 살아야 한다는 생각으로 앞산 일대를 어두운 새벽부터 휘젓고 다녔다. 이른 봄날이어서 추웠지만, 전혀 느끼지 못했다. 그러자 주위에서 "앞산에는 멧돼지도 많은데 위험하다. 혼자 새벽 등산 나서는 걸 자제하라."며 입방아를 올렸다. 그녀는 위험한 멧돼지 이야기가 전혀 가슴에 와닿지 않았다. 어떻게 하든지 암으로부터 자유를 얻어야 했기에 눈에 보이는 위험한 멧돼지는 눈에 보이지 않는 치명적인 위험과는 비교도 안 될 만큼 걱정거리도 아닌 거였다. 앞산에서 과감히 멧돼지와 맞짱 뜰 결심을 하고서 숲속으로 나선 덕분에 그녀는 가족들과 더 이상의 아픔 없이 일상을 즐기고 있다. 이제는 암은 물론, 그 어떤 질병의 위협에서도 벗어나 즐거운 일상을 누리며 여전히 고산골 아침 산행을 즐기는 가장 모범생이다.

우리의 삶뿐만 아니라 기업경영에도 가장 안전하다고 느끼는 순간 생각하지도 못한 위험에 빠지는 걸 수없이 볼 수 있다. 경제지 기자 시절 필름 카메라의 상징이었던 코닥이 창사 이래 최고의 매출을 기록한 뒤 곧바로 부도로 무너지는 걸 보고서 큰 충격을 받았다. 어찌해 창사 이래 최고의 매출을 기록한 기업이, 그것도 디지털카메라를 세계 최초로 개발한 회사가 카메라 업계에 휘몰아친 디지털 바람에 그대로 무너진 것이다. 코닥은 세계 최고의 필름 카메라 제조사로서 좀 더 안전한 지위를 누리고 싶었을 것이다. 디지털카메라를 최초로 개발하고도 상품화를 늦춘 것도 같은 이유 때문이다. 코닥 경영진은 안전한 자신들의 바다인 필름 카메라 분야에 든든하게 닻을 내리고 느긋하게 정박하면서 단물을 좀 더 취하고 싶었지만, 거센 디지털 파도 한 방에 침몰했다. 그들은 디지털 파도가 그렇게 거셀 줄은 상상도 못 했다고 할지 모르지만, 구차한 변명에 불과하다. 안전한 곳은 그만큼 위험한 곳이라는 걸 반증하는 현장이다.

울릉도 출신인 H에게는 바다만큼 위험한 곳이 없었다. 그는 바다만 보면 날카롭게 깎은 절벽처럼 암담했다. H의 꿈은 위험한 섬 탈출이었다. 그토록 꿈꾼 섬 탈출에 성공했지만, 서울은 섬보다 더 높은 절벽이었다. 이젠 바다와 섬이 그렇게 포근할 수가 없다. 삶 때문에 섬으로 돌아갈 수도 없지만, 숲을 통해 섬의 포근함과 안락함을 얻는다. 시간만 나면 숲으로 달려가는 이유다.

60대 세무사 K는 건강검진에서 이상지혈증 진단을 받자마자 아파트 문지방을 박차고 나왔다. 고산골 아침 산행에 동참한 지 1개월 된 새내기인 그는 이상지혈증은 간단하게 약 복용으로 해결할 수 있었지만, 몸에서 보내는 보이지 않는 위험 신호에 더 주목했다. 성인병이 자신의 몸 곳곳을 휘저으며 괴롭힐 것을 감지했기 때문에 고산골 숲속으로 들어온 거다.

몸에서 보내는 보이지 않는 위험신호를 감지했다고 행동으로 나서는 건 결코 쉬운 게 아니다. 우리 몸은 수없이 많은 신호를 보낸다. 당신이 생각하는 안전한 곳에서 벗어나 산과 들로 가라고. 물론 산과 들로 나간다고 해서 위험이 사라지는 건 아니다. 나도

15년 이상을 매일 숲속 걷기를 하고 있지만, 건강검진을 하면 항상 비만으로 나온다. BMI(체질량지수) 때문이다. 나의 몸 상태는 키가 176cm에 몸무게 81~2kg이다. BMI 계산법(키×키/몸무게)으로 계산하면 체질량지수는 26.4다. 비만이다. 그것도 겉은 전혀 비만처럼 보이지 않는 내장비만이어서 더 위험하다. 몸은 이미 수년째 보이지 않는 위험신호를 계속 보내고 있지만 애써 모른 체했다. 고산골 아침이 해결해 줄 거라는 막연한 믿음만 가진 채.

나의 위험한 곳은 저녁 식사 후 TV 앞 소파다. 저녁을 먹은 후 TV 앞에 앉아 프로야구 등 스포츠를 보면서 군것질을 놓지 못하는 게 수년째였다. 이런 습관도 문제지만, 스포츠를 시청하면서 응원하는 팀이 질 때 받는 스트레스도 상당하다. 숲속 걷기가 많이 내려놓는 삶을 산다고 하지만 여전히 승리에 목말라하는 건 변하지 않는 것 같다. 그래도 최근에는 퇴근 후 위험한 곳에서 벗어나기 위한 노력을 조금 하는 게 다행이다. 저녁 식사 후 TV 앞에 앉지 않고, 곧바로 산책하러 나가고 있다.

가장 위험한 곳으로부터 쉽게 벗어날 방법은 일단 그 자리를 박차고 나서야 한다. 그것도 이왕이면 숲속으로.

얼쑤! 귀명창이라도 되자

"주말에 뭐 하노?"

"특별한 계획 없는데, 잠이나 실컷 잘 계획입니다."

"그러지 말고 내하고 산에 갑시다. 등산하는 게 정말 좋은데…."

"등산은 무슨. 그냥 집에 있으렵니다."

40대 초반 무렵 토지공사(현재 LH공사로 통합)의 K 부장과 자주 나눈 대화다. 그는 당시 정년퇴직을 앞둔 분이었지만 나와는 인간적으로 친해 자주 만났고, 만날 때마다 산 얘기를 끊임없이 했다. 그의 산 얘기는 40대 초반 가장에게는 먼 나라 얘기였다. 주말에 산에 갈 여유가 없었다. 아이와 놀아주기도 힘들 때다. 그래서 요즘 말하는 꼰대의 잔소리로 받아들였던 것 같다. 아마도 이분이 그렇게 자주 등산을 강요한 것은 나의 건강을 염려했기 때문이었을 것이다.

나는 상반신을 드러낸 수영복을 입고서 수영은 하지 않는다. 복부에 커다란 수술자국이 남아 있기 때문이다. 30대 초반 매일 스트레스의 연속인 생활을 했다. 당시 재직한 신문사는 갓 복간된 신문이었기에 경쟁에서 살아남기 위해 후배들을 채찍질하며 취재 전선을 밤낮 누볐다. 94년 어린이날에 일은 벌어졌다. 당시 신문은 신문의 날과 어린이날만은 유일하게 쉬는 날이었다. 당시 미혼이었던 나는 신나게 놀고 집에 들어왔다가 그대로 쓰러져 응급실에 실려 갔다. 병명은 급성 십이지장 천공. 휴일인데 집도의들이 소집돼 곧바로 수술에 들어갈 정도로 위급했다. 물론 수술은 무사히 마쳤고, 30대 초반의 젊음이 있었기 때문인지 건강에 대해 심각하게 생각하지 않고 똑같은 일상은 보냈다. K 부장이 보기에 이런 상태로 계속 가면 육체 건강은 물론 정신적으로 심각한 문제를 일으킬 수 있다고 생각했기 때문인지 유독 내게 산의 효과에 대해 자주 얘기한 것 같다.

한 송이 국화꽃을 피우기 위해 봄부터 소쩍새가 부지런히 울듯이 나를 산속으로 이끌기 위해 애쓴 분들이 많다. 그분들이 의도했든 의도하지 않았든지 여하튼 소쩍소쩍 운 덕분에 숲속 사나이가 됐다. 나를 산속으로 이끈 최초의 소쩍새는 위의 K다. 농담으로 나를 숲속으로 이끈 3명 선지자 가운데 최초의 위인이라고 말한다. 그다음은 대구은행 L 행장이다. 그는 은행 출입기자들과 점심하는 자리서 등산을 화두로 꺼냈다. 행장은 "새벽 등산이 정말 좋은 것 같다. 일찍 나는 새가 벌레를 잡는다는 말처럼 젊은 시절부터 새벽 등산을 통해 하루를 연다면 정말 알찰 것"이라며, 새벽 등산을 강력히 추천했다. 간담회 열린 시기가 초겨울이었기 때문에 누군가 "이렇게 추운데 새벽 등산을 어찌 하느냐?"고 반문하자 그는 "요즘 등산복이 정말 좋아 전혀 추위를 느끼지 않는다."며 새벽 등산 입문을 강하게 주문했다. 물론 은행장의 이 주장에 동조하거나 동참한 기자들은 나를 포함해서 아무도 없었다. 나는 이때도 꼰대의 잔소리로 흘렸다.

　세 번째 메신저는 이름 모르는 70대 할아버지다. 아마 2007년으로 기억되는 어느 날 모임에서 이런저런 얘기를 나누다가 "운동하고 싶어도 시간 없어 못 한다." 넋두리했다. 기업을 대상으로 주로 특강하며 동기부여를 하는 강사가 "거짓말하지 마라."고 직설적으로 꼬집었다. "시간 없어 못 하는 게 아니라 운동하기 싫어서 시간을 내지 않는 거다. 정말 하고 싶다면 10분이라도 시간을 만들어 할 수 있다." 말했다. 내게는 상당히 충격적인 말이었다. 운동장에 살다시피 한 내가 운동할 시간이 없는 게 아니라, 운동하기 싫어서 하지 않는다는 말은 받아들이기 힘들었다. 곰곰이 생각하니 사실이었다. 이때는 골프를 한다고 그리 좋아하던 테니스와도 완전 결별하고 가끔 연습장에서 골프 연습을 조금 하는 것에 불과한 때다. 그래서 무슨 운동이라도 하기로 했다. 저녁 퇴근 시간 이후에는 이런저런 약속 등으로 시간 만들기가 쉽지는 않겠지만, 새벽 시간은 얼마든지 가능할 것 같다는 생각이 들었다.

　이런 결론을 내린 뒤 아마 2007년 11월 1일(정확하지는 않지만 아마이날이 맞을 것으로 생각된다.) 새벽 등산하기 위해 당시 살고 있던 집(대구시 북구 동변동) 주변 산(가람봉)으로 갔다. 막상 새벽 등산하겠다고 결심하고서 나섰지만, 겁이 났다. 11월의 새벽 5시는 사방이 깜깜했고, 강바람도 세차게 불어와 쉽게 올라가지 못하고, 등산로 입구를 맴돌았다. 그때 세 번째 메신저인 할아버지께서 나타나셨다. 그분은 "많이 무섭지요? 나를 따라 오이소. 걷다 보면 괜찮습니다."라고 하셨다. 할아버지의 손을 덥석 잡고서 따라나셨다. 손전등 불빛에 의존해 처음 가는 등산로를 따라 걷기는 쉽지 않았지만, 할아버지의 보폭에 맞춰 정상에 올랐다. 정상은 별천지였다. 주위 경관이 좋아서 별천지가 아니라, 정상에 있던 7~8명의 어른에게서 젊은 기운과 밝은 에너지를 느낄 수 있었다. 가람봉의 첫날의 맑고 밝은 기운이 결국 15년 이상을 숲속 걷기에 나서는 계기가 됐다.

숲 중독자가 된 이유는 사람마다 다양하다. 고산골 새벽 등산 20년 경력을 자랑하는 K는 힘든 골프부킹 때문에 숲속 사람이 됐다. 그는 2000년대 초 골프 바람이 거세지면서 부킹이 너무 힘들어 산으로 간 경우다. "주말 부킹이 안 돼 어쩔 수 없이 아내와 고산골을 등산했는데, 너무 좋았다. 그날 이후 골프채를 던지고 고산골 새벽 등산을 매일 시작했다."고 말했다. 그는 유일하게 할 줄 아는 게 고산골 아침 등산이라고 할 만큼 푹 빠져 있다.

연인과의 이별도 숲으로 이끌기도 한다. 4~5년 전 고산골에 갑자기 나타난 G가 그렇다. 당시 구미 S전자 연구원이었던 그는 연인과 이별하고서 그 후유증을 달래기 위해 고산골 새벽 등산에 나타난 친구다. 30대 초반이었던 G와는 코드가 잘 맞았다. 내 친구들과 함께 간 가지산~영축산~운문산 등산에 그를 데려가기도 하고, 자주 장거리 산행을 함께 즐기기도 했다. 어느 날 고산골에 자전거를 타고 나타나, 등산에서 익스트림 스포츠인 산악자전거로 전환을 선언한 후로는 모습을 보이지 않는다.

고산골 새벽 여행으로 하루를 시작하는 이들 대부분은 운동을 위해 숲속 걷기에 나섰다가 숲 치유의 힘을 경험하고서 중독된 경우가 많다. 물론 뜻하지 않은 사고나 질병을 경험하고 나서, 거기서 헤어 나오기 위해 숲으로 들어온 분도 의외로 많다. 그러나 이들은 한결같이 새벽 알람 설정 시간보다 대부분 빨리 일어난다. '만일 네가 오후 4시에 온다면 나는 3시부터 행복해질 거야' 라는 생텍쥐페리의 말처럼 고산골 때문에 설레는 아침을 맞는 것이다.

소설가 이은정은 『눈물이 마르는 시간』에서 "인생에 구멍이 났다. 웃음이 줄줄이 새고 불행이 기어들어 왔다. 언젠가는 그 구멍으로 행복도 들어오겠지. 구멍이란 그런 것이니까."라고 이야기한다. 불행의 구멍을 타인의 시선으로 보지 않고 자신의 눈으로, 그리고 긍정적으로 보는 게 얼마나 중요한지를 얘기한다. 상대의 눈에 의존하는 삶이 얼마나 위험한지는 중국 고사 '여도지죄餘桃之罪'를 통해 알 수 있다. 중국 전국시대 위나라 왕 영공의 총애를 받던 미자하彌子瑕는 자신이 먹던 복숭아를 왕에게 건네도 용서를 받았고, 위독한 어머니를 문병하기 위해 성문이 닫힌 한밤에 왕의 수

레를 타고 나가도 아무런 문제가 되지 않았다. 위공은 불경죄로 다스릴 것을 주장하는 신하들에게 "복숭아가 얼마나 맛있었으면 자신이 먹던 것을 내게 주고, 얼마나 효심이 깊으면 아픈 어미를 위해 죄를 무릅쓰고 과인의 수레를 이용하겠는가."라며 "죄를 물을 게 아니라 상을 내려야 한다."고 미자하를 두둔한다. 그러나 세월이 흘러 왕의 총애가 사라지자 사소한 잘못을 저지른 미자하를 영공은 "이놈은 자신이 먹다 남은 복숭아를 과인에게 먹이고, 언젠가 몰래 과인의 수레를 타고 한밤에 궁궐을 나간 불충한 자다."는 이유로 처벌을 내렸다. 타인을 통한 충족은 한계가 있을 수밖에 없고, 생명이 짧을 수밖에 없다.

우리 삶을 긍정의 방향으로 이끌기 위한 신호는 수없이 많지만, 그걸 제대로 보고 듣지 못하는 게 인간이다. 불행이 줄줄이 새어 나오는 인생의 구멍 속에서도 희망을 찾아내는 귀명창이 되기란 쉽지 않다. 그러나 우리의 삶에 희망을 주기 위해 촛불을 들고서 긍정의 메시지를 끊임없이 보내는 메신저들은 주위에 많다. 그들의 얘기를 찰떡같이 알아듣는 귀명창이 필요하다. 판소리에서만 귀명창이 필요한 게 아니다. 삶에서도 귀명창이어야 한다. 감사하는 마음으로 걷다 보면 어느 길이든 행복하지 않은 길은 없다. 행복한 숲속으로 오라는 메시지를 끊임없이 보내는 나의 메신저를 따라서 얼쑤! 장단을 맞추는 귀명창이라도 되자.

고산골 천 일 사랑의 아픈 종말

2022년 여름 최고의 인기드라마 '이상한 변호사 우영우'에서 목표를 향해 저돌적으로 돌진하는 자폐를 가진 주인공을 진정시키기 위해 자주 등장하는 씬이 '워~워~워'다. 워~워~워는 우리 인생에서도 꼭 필요하다.

고산골 새벽 등산에 큰 화제가 된 사나이가 있었다. K는 10년 전 고산골 사람들로부터 엄청난 주목을 받았다. 당시 그는 1,000일 연속 고산골 등산하기를 선언했다. 그것도 자기 혼자만의 결심을 세운 게 아니고 고산골 사람들 앞에서 공개적으로 했다. 시작은 아주 단순했다. 새벽 등산이 좋다고 주변에서 한마디씩 하자, 그는 단순하게 이 약속을 해버린 것이다. 고산골의 새벽을 여는 사람들은 처음에는 반신반의했다. 고산골 40년 터줏대감도 1년에 1~2번은 고산골을 오지 못하는 경우가 있는데, 하물며 할 일 많은 젊은 친구가 하루도 빠지지 않고 고산골 천 일 사랑 약속은 아무래도 믿음이 가지 않았기 때문이다.

그러나 K는 달랐다. 철저하게 자신과 약속을 지키며 고산골을 줄기차게 왔고, 100일 되는 날에는 기념 떡도 돌렸다. 그는 가족들과 여름 휴가를 남해 쪽으로 가서도, 아침이면 혼자 차를 타고 고산골에 왔다가 다시 휴가지로 갔다. 명절에도 고향인 안동에 갔다가 아침에는 어김없이 고산골에 왔다가 다시 고향으로 가는 만행(?)에 가까운 짓을 했다. 심지어 당시 쌍둥이 딸이 미국으로 유학 간 상태였지만 고산골 천 일 사랑 약속 때문에 미국행 비행기를 타지 못하자 딸들이 어쩔 수 없이 그해 겨울방학을 이용해 귀국했을 정도였다.

K는 단순히 새벽 등산만 한 게 아니다. 아침의 고산골 사람들 상당수와 크고 작은 인연을 맺었다. 나이가 많거나 적거나 상관없이 모든 고민 상담 다 해주고, 심지어 벌초 대행, 농사 대행 등 온갖 궂은일도 마다하지 않는 오지랖도 보였다. 고산골 등산로를 자비를 들여 정비해 구청장 표창을 받을 정도로 고산골에 대해서는 온몸을 바쳤다.

고산골 천 일 연속 등산 약속의 반환점인 500일 달성에 성공하자 그는 다시 떡을 만들어 돌렸다. 이제 고산골 사람 대부분이 그의 고산골 천 일 사랑 목표를 알게 됐고, 과연 달성할 것이냐에 대해 관심을 보일 정도였다. 결론적으로 그는 보기 좋게 성공했고, 고산골 천 일 새벽 등산 성공이라는 기념 떡을 만들어 고산골 사람들에게 새벽부터 하루 종일 돌렸다. 심지어 그날 처음 고산골에 왔던 지인도 떡을 받았다. 지인은 "고산골에 이상한 사람이 있더라. 아침부터 떡을 돌리는데 먹어도 괜찮은지 의심이 들더라."며 내게 전화할 정도였다.

K의 고산골 일기는 2013년 5월 22일~2016년 2월 15일까지 딱 천 일 동안 사랑으로 유감스럽게 끝을 맺었다. 그는 천 일 연속 고산골 아침 산행 목표를 이룬 후 곧바로 고산골 무대서 자취를 감췄다. 마치 신인왕 타이틀을 누구보다 화려하게 거머쥔 야구선수가 이듬해 완전 죽을 쒀, 마운드에서 완전 사라지는 것처럼 충격적이었다. 그가 고산골 아침에서 사라진 이유를 명확하게 알지는 못한다. 최근 주말에 앞산 한 바퀴를 하고서 고산골을 통해 하산하다가 K를 만났다. "왜 고산골에 보이지 않느냐?"는 물음에 "형님은 여전하시네요. 저는 고산골에 다닐 형편이 안 됩니다."고 말했다. 다닐 형편이 무엇을 의미하는지는 묻지 않았다. 오랜만에 만난 탓인지 조금은 초췌해 보였다.

박노해 시인은 행복하려면 행복의 반대쪽으로 걸어가라고 했다. K의 고산골 사랑의 실패는 천 일에만 매달려, 숲속으로 걸어가지 못하고 천 일 쪽으로만 걸어갔기 때문에 빚은 아픔인 것 같다. 그가 만일 고산골 천 일 사랑을 과속방지턱 통과하듯 조심스럽게 페이스를 조절했다면 지금까지도 아주 행복하게 고산골 새벽을 맞았을 것으로 확신한다. 그처럼 성실하고 자기와의 약속을 지키려고 노력하는 사람이라면 충분히 가능하다. 그리고 그가 그렇게 희망하는 고산골 핵인싸 타이틀도 틀림없이 이미 거머쥐는 데 성공했을 것이다. 산에서도 나만의 과속방지턱을 만들어야 하는 이유다.

3~4년 전이다. 친구와 함께 앞산 한 바퀴를 하다가 너무나 잘 걷는 70대 후반의 여성을 만났다. 그분이 너무나 잘 걸었기 때문에 젊은 분이라고 생각했는데, 의외로 연세가 있었다. 그녀는 60세 정년퇴직 후 앞산 밑으로 이사와 매일 걷기 시작했는데, 이내 무릎이 탈이 났다고 한다. 걷지 않다가 등산을 하면서 무리가 온 것이다. 병원에서는 "무릎이 약하기 때문에 등산은 하지 말 것"을 진단받았지만, 그녀는 퇴직 후 숲속 걷기를 목표로 세운 자신의 꿈을 포기할 수 없어 최대한 무릎에 무리 않는 선에서 조금씩 조금씩 걸으며 시간을 늘렸다고 한다. "5년 정도를 꾸준히 걸으며 체중 조절을 한 덕분에 앞산은 물론 조금 높은 산도 쉽게 걸을 수 있게 됐다."며 "병원의 권유대로 등산을 포기했다면 지금쯤 병원을 순례하거나, 요양원에 누워있는 신세였을 텐데, 당시에 정말 현명하게 대처한 것 같다."고 말했다. 그녀는 또래 친구들과 함께 숲속을 누비고 싶지만 대부분 병상에 누워있거나 등산은 꿈도 꾸지 못하고 있다고 아쉬워했다. 그녀는 9학년이 되더라도 적어도 앞산에서 1일 1산 할 수 있는 체력과 건강을 지키는 게 목표다.

고산골에서 나의 과속방지턱은 뒷걸음 하산이다. 뒤로 하산하는 이유는 무릎을 보호하고, 산길을 급하게 내려오는 것을 예방하기 위해서다. 나이가 들어서도 숲속에서 자유를 만끽하기 위한 사전 예방 차원이라고 할 수 있다. 산에서 뒤로 걷는다고 하면 대부분 깜짝 놀란다. 위험한 등산 방법이라고 생각하기 때문이다. 고산골 몇몇 어르신들도 뒤로 하산하는 것을 염려하기도 한다. 하지만 4년 정도 뒤로 하산했는데 전혀 문제 되지 않았다. 고산골에서 뒤로 걷기 하산은 약수터 밑에서부터 법장사 입구까지다. 이곳은 시멘트로 포장된 임도이기 때문에 뒤로 걷는데 아무런 문제가 없다.

산속에서 뒤로 걷기 시작은 양산 천성산 산행 이후다. 천성산 산행 도중에 왼쪽 무릎을 바위에 살짝 부딪쳤는데, 하산길에 무릎 통증으로 엄청나게 고생했다. 함께 간 친구가 임시방편으로 뒤로 걷기를 권유했다. 마침 가파른 하산길이 아닌 평탄한 둘레길이어서 뒤로 걸었다. 효과는 기대 이상이었다. 통증 완화는 물론 피로도 조금 풀리는 것 같았다. 이때부터 고산골 아침 산행 하산에는 가능하면 뒤로 걸었다.

뒤로 걷기는 발의 앞쪽이 먼저 착지하기 때문에 무릎에 가는 충격을 덜어주고, 평소 잘 쓰지 않는 부위의 근육과 인대를 사용해 연골의 손상이나 퇴행성 관절염 예방에 효과가 있다. 또 허벅지 근육을 골고루 발달시킨다. 특히 허벅지 앞부분뿐만 아니라 뒷부분 근육과 힘줄을 튼튼하게 한다. 허벅지 뒤 근육과 힘줄이 단단해지면 운동 시 신체의 브레이크 역할은 물론 몸의 중심을 충실히 잡아줄 수 있다. 이밖에 앞으로 걸을 때보다 심폐기능 강화와 다이어트 효과 증진, 평형감각 및 운동지능 발달에도 상당한 도움을 주는 보행법이다.

퇴행성 관절염 환자에게도 굉장히 좋은 보행법이다. 뒤로 걸으면 발 앞쪽이 땅에 먼저 닿아 무릎에 가해지는 충격을 줄여 무릎 관절 통증을 줄인다. 또 평소 쓰지 않는 근육과 인대 기능을 보강해 관절염 진행을 막는다. 앞으로 걸을 때와 달리 자세가 익숙하지 않아 온몸이 긴장하면서 많은 에너지를 소모한다는 장점도 있다고 전문가들은 설명한다.

이뿐만 아니다. 뒤로 걷기는 재활의학 분야에서는 편마비 증상을 보이는 환자들의 치료프로그램으로 적극 활용되고 있다고 한다. 숲속 뒤로 걷기는 훌륭한 과속방지턱이다. 특히 하산길에 비교적 안전하고 평탄한 길이 있다면 뒤로 걷기를 추천하고 싶다. 앞만 보며 달려가는 우리 삶을 되돌아보는 의미에서, 앞으로만 걸어 약해진 뒤 근육을 강화하고 속도를 조절하는 의미에서 실천해 볼 만한 걷는 방법이다. 신영복 선생은 '산다는 것은 수많은 처음을 만들어가는 끊임없는 시작'이라고 했다. 오늘부터 뒤로 걷기의 첫날을 누군가 만들었으면 좋겠다. 고산골에서 뒤로 걸으며 하산하는 등산객이 요즘 부쩍 늘고 있다.

가슴에서 발까지 여행을 떠나자

　고산골 10년의 비법은? 이런 질문을 많이 받는다. 딱히 시원하게 해줄 말이 별로 없다. 굳이 그 비결을 찾아야 한다면 작은 습관인 것 같다. 아침 산행을 시작하면서 정한 첫 번째 원칙은 '매일 오전 4시 55분에 무조건 침대에서 일어나고, 그다음에 문지방을 넘는다'였다. 그리고 하나 덧붙이면 '산을 가기 싫을 때는 마음대로 해도 좋다'였다. 이 원칙은 철저히 지킨 것 같다. 피곤해서 아침 등산하기 싫어도 우선 침대에서 일어나 무조건 옷을 갈아입고서 현관 밖 문턱을 넘었다. 엘리베이터를 눌러 놓고도, 승용차를 운전해 고산골 주차장까지 가서도, 피곤해 등산하기 싫다는 생각이 들면 이내 포기했다. 그렇지만 등산을 시작한 이후 침대에서 일어나 현관문 밖으로 나가는 원칙은 지켰다.

　그다음은 좋아하는 것에 대해서는 지치지 않고 루틴화하는 습관도 한몫했다.

'17년째 다이어트를 하는 여자'. 8년 전 처음이자 마지막으로 대중 강의 한 내용이다. 다이어트를 위해 17년째 온갖 방법을 다 동원하는 아내의 실패담을 통해 홍보에도 나만의 필살기·나만의 해답을 갖자는 내용의 강의였다. 이 강의는 오늘 그대로 할 수 있다. 다만 제목은 25년째 다이어트를 하는 여자로 살짝 수정해야 한다. 아내는 17년 전이나, 그로부터 8년이 지난 현재도 여전히 다이어트에 대한 갈증을 풀지 못하고 이 방법, 저 방법에 매달리고 있다. 2022년에는 도전 한방 다이어트를 선언했다가 면역력 이상으로 오히려 역효과를 냈다. 아내의 다이어트 방법론을 타박할 만큼 간 큰 남자는 아니다. 다만 어떤 방법을 선택하더라도 효과를 내기 위해서는 인내하고 견뎌야 할 시간이 필요한데, 대부분은 그걸 참지 못하고 또 다른 묘책을 찾다가 세월만 보내고 있는 것 같다. 박완서 선생은 「시간은 신이었을까」에서 시간만이 신처럼 모든 아픔과 고통을 해결해 준다고 했다. 시간을 투자하지 않고서는 아무것도 얻을 수 없다.

작은 습관의 변화도 역시 어렵다. 신영복 선생은 『담론』에서 '머리에서 가슴까지 여행도 먼 여행이지만, 그것을 실천하는 가슴에서 발까지 여행도 그만큼 어렵다'고 강조한다. 오죽했으면 세 살 버릇 여든까지 간다 했을까. 작은 습관의 변화를 위해서는 자신을 달래는 밀당이 반드시 있어야 한다. 스스로 공감하지 못하는 노력이나 도전은 실패를 예정할 수밖에 없다.

고산골 20년 개근을 자랑하는 K의 티키타카는 아주 단순하다.

그는 지난여름 끝 무렵 엄청난 피해를 준 태풍 힌남노가 최고 기승을 부린 날 아침에도 고산골에 홀로 갔다. 등산로에도 빗물이 무릎까지 넘쳐 힘들었지만, 전혀 상관하지 않았다. 그는 최악의 날씨 상황이면 반드시 고산골을 간다. 한겨울 최악의 한파가 몰아칠 때나, 여름 태풍이나 최고 기온이 예상된다는 예보가 나오는 날이면 무리해서라도 숲속을 걷는다. 최악의 상황에서 걷고 나면 보통의 날에는 너무나 쉽게 걸을 수 있기 때문이다. 아침에 일어나기 힘들 때는 '최악의 상황에도 고산골 갔는데'를 생각하면 쉽게 일어나게 된다는 거다.

우리 몸은 언제나 응석을 부린다. 새벽에 일어나면 수시로 '오늘은 너무 피곤해, 가기 싫어'를 입에 달고 산다. 특히 계절이 바뀌는 시기에는 그 응석은 최고조에 달한다. 고산골에도 환절기가 되면 아침 등산을 하는 사람들이 뚝 떨어진다. 대리출석이 가능하면 그렇게라도 할 텐데, 숲은 대리 인생을 절대 허용하지 않는다. R이 응석 부리는 자신의 몸을 다독이는 방법은 자학이다. 그는 고산골 아침 등산을 빼먹으면 하루 종일 자신을 괴롭힌다. 그는 "스스로 괴롭힌다기보다 고통스럽다. 고산골 아침을 건너 뛸 경우 온종일 찜찜한 마음에서 벗어나지 못해 괴로워서 빠지지 않으려 한다."고 말했다. 세상은 언제나 혁명이 필요하다. 그렇다고 혁명이 총과 폭력을 의미하지는 않는다. 사고의 전환이면 된다. 삶의 생각이나, 일상의 방향을 살짝 틀어줄 정도면 충분하다.

나도 아침 등산 후유증을 처음에는 정말 많이 겪었다. 우선 출근 후 사무실에서 찾아왔다. 아침 회의 시간에 졸기 일쑤였다. 졸지 않고 회의에 참석한다고 굳게 다짐했지만, 그동안 경험하지 않은 아침 등산의 피로는 회의 시간만 되면 인내력의 한계를 드러냈다. 심지어 일부 간부들은 "제발 아침 등산 하지 마라."며 아침 회의 걸림돌을 타박하기도 했다. 평범한 인간이 일관성을 유지하는게 정말 힘들다. 우리는 어떤 사람의 일관성이 자신의 일상을 조금이라도 방해하고 있다고 느낄 때는 가만히 있지를 않는다. 부정적말 보태기를 통해 그 루틴의 일상화를 방해하거나, 너무나 쉽게 개입하려 한다.

새벽 등산을 계속 이어가기 위해서는 해결책을 찾아야 했다. 해법은 잠자는 원칙을 살짝 바꾸었다. 취침 시간을 30분 앞당겨 최소한 밤 10시 30분 전에는 무조건 잠자리에 들었다. 이 원칙을 지키는 것도, 정말 쉽지 않았다. 우선 모든 저녁 약속을 9시 전에 끝내야 했다. 당연히 저녁 약속은 하더라도 2차는 절대 갈 수 없었다. 친구들과 저녁을 하고 술자리가 이어지더라도 밤 9시면 어김없이 일어났다. 처음에는 당연히 손가락질을 많이 받았다. 아침에 산에 가기 위해 일찍 귀가해야 한다는 걸 이해할 사람이 드물었다. 특히 당시에는 지금처럼 각자의 저녁 있는 삶 같은 워라밸work life balance이 일반화되지 않아 더했다. 그래도 새벽 등산을 위해 모임에서 일찍 일어나는 걸 원칙으로 지속하자, 주위에서도 인정하기 시작했다. 친한 친구들은 저녁 9시에 가까워지면 "집에 갈 시간"이라고 알려줄 정도였다. 금요일이나 토요일의 모임에는 조금 늦게까지 있어도 된다는 생각이 들기도 했지만, 주위에서 가만두지 않을 정도로 달라졌다. 당연히 아침 회의 시간 방해꾼 멍에에서도 벗어날 수 있었다.

단순한 습관의 변화는 일상에서 의외의 결과를 낳기도 한다. 처음부터 고산골 10년을 목표로 했다면 벌써 중도 포기했고, 나는 여전히 운동장 아이에서 성장하지 못했을 것이다. 숲 치유의 무한 매력을 경험한 지금이야 걸을 힘이 있을 때까지 숲속 걷기가 목표다. 당연히 그 목표는 초지일관하면서 지킬 자신이 이젠 있다. 몸속에는 그 정도 내공은 쌓인 것 같다.

나 홀로 산행도 한몫했다. 일상 삶에서도 그렇지만 새벽 숲속에서도 때론 고독한 걷기는 필요하다. 가람봉과 고산골에서도 아침 등산을 하는 분들은 그렇게 많지 않기 때문에 이런저런 이유로 서로 얽매일 수밖에 없다. 등산 시간이나 하산 시간대가 비슷한 사람들은 자연스레 어울리기 마련이다. 이런 어울림은 점심과 저녁 약속으로 이어지는 건 당연했다. 가람봉은 등산을 즐기는 분들과 워낙 나이 차가 많아서 함께 하자는 제안은 없었다. 그러나 고산골은 달랐다. 우선 나이가 비슷하거나, 큰형님뻘 되는 분들이 중심을 이루고 있어 스킨십은 자연스러웠다. 나도 몇 번은 어울렸다. 하지만 고산골 사람들과 점심이나 저녁 시간 만남은 반드시 좋지만은 않았다. 서로 생각이 다른 탓에 나타나는 자연스런 현상이었지만, 이 때문에 즐겁고 행복해야 할 아침 시간이 조금 불편해졌다. 그다음에는 나 홀로 걷기로 바꿨다. 불편한 관계보다는 정서적 거리 두기가 훨씬 편하고 행복했다. 고산골 아침 산행이라는 명제 앞에서는 우분투UBUNTU 정신으로 서로 아침 안부를 묻고 이런저런 얘기는 나누지만, 아침 시간으로 한정했고 약수터 오르고 내리는 길은 가능하면 혼자 걸었다. 개방적이고 주체적으로 살고 싶다면 삶에서 고독력을 키우는 게 필요하다.

아침의 인연과 점심의 인연, 저녁의 인연은 따로 있다고 생각한다. 대부분 관계가 힘든 것은 아침의 인연을 점심과 저녁으로 무리하게 이어가려 하기 때문이다. 세상의 일은 품앗이하듯 돌고 돈다. 관계도 마찬가지다. 서로 관계 속에서 돕고 도움을 받으며 삶을 살아야 한다. 다만 관계는 적절한 거리가 있어야 한다. 사람 사이 관계 거리는 고산골뿐만 아니라 가족, 친구, 직장 동료 사이에도 적당한 거리 두기가 필요하다. 문제는 거리 두기의 적정함이 어느 정도인지 구체화하기가 정말 어렵다. 이건 각자의 판단과 가치관에 따라 다를 수밖에 없을 것이다. 지나친 거리 두기는 관계가 소원해질 것이고, 반대로 너무 가까우면 서로를 힘들게 한다. '남을 등불로 삼지 말고 자신을 등불로 삼아라' 는 불교의 가르침처럼 자신만의 기준으로 준거를 삼아야 한다.

거리 두기에 실패해 고산골 아침에서 모습을 보이지 않는 분들이 의외로 많다. 서로 육체적 아픔도 있었고 나이도 얼추 맞아 형제 이상으로 고산골을 밝게 했던 L과 K가 대표적이다. 이 둘은 주야장천 붙어 다니며 취미생활까지도 공유하다가 작은 갈등이 빌미가 돼 두 사람 모두 고산골 아침에서 모습을 감췄다. 적당한 거리 두기를 했다면 두 사람은 고산골 최고의 이슈메이커로, 최고의 숲길 걷기왕으로서 여전히 자리매김하고 있었을 것이다.

고산골 10년 사랑은 단순하다. 삶의 방향을 살짝 틀어줄 수 있는 작은 습관 하나 만든 결과다. 우리 삶을 한꺼번에 바꿀 수 있다면 최고다. 그러나 인류 역사에서도 볼 수 있듯이 혁명적인 변화는 부작용만 낳았고 오히려 작은 변화들이 쌓이고 쌓여 역사 변화의 원동력이 됐다. 우리 삶에서도 실행하기 쉬운 가벼운 루틴이나, 방향을 살짝 틀어서 좋은 결과를 가져올 수 있는 변화가 필요하다. 내 삶의 방향을 살짝 틀어줄 친구나 책 등 뭔가가 있다면 어제와는 다른 삶을 살 수밖에 없다.

최근 저녁 퇴근 후의 일상을 바꾸려 하고 있다. 퇴근하면 TV 앞에서 프로야구로 울고 웃는 생활에서 벗어나기 위해서다. 저녁 먹은 뒤 무조건 집 가까이 있는 신천으로 나간다. 1시간 30분 정도 가볍게 뛰거나 걷는다. 스포츠 방송에 지나치게 매달려 온 오랜 일상에서 벗어나기 위한 첫걸음을 시작한 셈이다. 결과는 아주 만족스럽다. 일단 귀가하면 지독한 집순이인 아내와 아이들이 저녁에 나를 따라 신천을 걷기 시작했다. 우리 가족의 저녁 일상을 바꿀 것 같다. 아내와 아이들을 고산골 아침으로 유혹하려고 그렇게 노력했지만 실패했는데, 저녁 시간 유혹은 일단 성공이다.

여름

치유가 필요해

대구의 여름은 아주 맵다. 맵기로는 아프리카보다도 더하다. 이른바 대프리카(대구+아프리카)라고 불릴 정도다. 대구의 여름 폭염은 시민들을 지치게 하고, 도시를 시들게 할 만큼 강렬하다. 고산골은 이런 대구 시민들을 안아주는 소중한 친구다. 이 세상을 떠나 하늘나라로 여행 갈 때 하나의 기억만 가져갈 수 있다면, 나는 고산골의 여름 추억을 가져가고 싶다. 고산골의 여름은 그만큼 매력적이고, 고산골 사람들에게 안식을 준다.

숲의 욕바가지 샤워로 면역력을 높이자

피톤치드 샤워를 하자.

인체의 면역력을 높여주는 피톤치드가 화제다. 나무나 식물은 자신을 보호하기 위해 피톤치드phytoncide를 내뿜는다. 피톤치드는 식물을 뜻하는 phyton과 죽이다를 뜻하는 cide의 합성어로 러시아 식물학자 보리스 토킨Boris P. Tokin 박사가 처음 사용한 말이다. 피톤치드는 식물이 자신을 보호하기 위해 내뿜는 독성물질이다. 이 휘발성 물질(VOCs)이 우리의 면역력을 높이는 역할을 한다. 피톤치드를 쉽게 설명하면 식물이나 나무가 자신을 지키기 위해 뿜어내는 욕바가지로 이해하면 된다. 식물과 나무는 사람이나 벌레, 해충 등이 자기에게 접근하지 못하도록 독성물질을 뿜지만, 이게 인간에게는 긍정의 효과를 가져온다. 다시 말하면 식물과 나무가 "다가오지 마! XX야. 가까이 오면 죽일 거야." 며 욕바가지를 퍼부으면서 나름 독성물질을 내보는 게 피톤치드다. 숲에서 나오는 피톤치드의 대표적인 물질은 테라펜이다. 알파 피넨 α-pinene과 베타 피넨 β-Pinene 유기화합물을 배출하는 테르펜은 주로 편백나무나 소나무 같은 침엽수림 수목이 왕성하게 뿜어낸다.

고산골의 숲은 아쉽게도 침엽수림을 찾을 수 없다. 고산골의 주 수종은 눈으로 보기에도 상수리나무·졸참나무·굴참나무·떡갈나무·신갈나무·갈참나무 등 참나무 6남매 중심으로 천이가 이뤄진 상태다. 물론 소나무를 전혀 찾아보지 못하는 건 아니지만, 이미 활엽수림 중심으로 숲이 형성돼 침엽수림은 경쟁이 되지 않는다. 졸참나무 등 참나무류는 산소를 가장 많이 머금고 있지만, 피톤치드 같은 욕바가지를 만들지는 못한다. 활엽수도 테르펜을 만들지 못하는 건 아니지만, 단순해서 인체에 영향을 주지 못한다. 숲속에서 신선한 공기를 마시며 힐링하고 싶을 때는 산소의 보고인 참나무 형제들이 주 수종인 고산골이 제격이다. 도시 매연 속에 일상을 보내는 사람들은 고산골 참나무 남매들이 주는 산소 샤워가 최고다. 산소 배출에 뛰어난 역량을 보이는 참나무류는 거꾸로 탄소의 흡수에도 역시 탁월한 힘을 자랑하는 친구들이다. 고산골은 한마디로 산소 풍부 & 탄소 제로의 청정지역이다.

여름철 무더위에 지쳐 면역력이 떨어져 치유가 필요한 사람에게는 고산골이 맞춤형이 아니지만, 걱정할 필요는 없다. 고산골 약수터에서 30분만 더 올라가면 피톤치드 샤워에 최적인 장소를 찾을 수 있다. 산성산 잣나무 단지다. 이곳은 잣나무를 인공적으로 조림해 놓았을 뿐만 아니라 편안하게 피톤치드를 즐길 수 있도록 누워서 쉴 수 있는 벤치가 조성돼 있다. 잣나무는 소나무처럼 피톤치드를 만들어내는 능력이 탁월하다. 이 나무들이 만들어내는 테르펜에는 알파 피넨 α-pinene과 베타 피넨 β-Pinene 성분이 풍부하다.

피톤치드의 효능은 다양하다. 우선 신체의 면역력을 높이고 활성산소 발생을 억제한다. 당연히 항산화·항염은 물론 스트레스에 저항하는 저항력 역시 높이는 작용을 한다. 특히 피톤치드가 풍부한 숲속은 우리 심신을 안정시킨다. 우리의 인체는 70%가 수분이어서 파동에 매우 민감할 수밖에 없다. 피톤치드가 많은 곳에 들어가면 우리 몸은 알파α 상태가 돼 자신도 모르게 안정감을 느끼게된다. 피톤치드에 많이 노출돼 면역력을 높이는 데 최적의 조건은 우선 수종이 중요하다. 편백나무나 잣나무, 소나무 등의 수종이 우종인 공간이 좋다. 전남 장성군 축령산 편백나무 치유의 숲이 대표적인 곳이다. 그다음은 바람이 서로 잘 통할 수 있는 경사진 곳과 적당한 습도를 가진 곳이 피톤치드 샤워에 최적의 공간이다.

60대 중반의 주부인 K는 산성산 잣나무 단지에서 거듭난 사람이다. 그녀는 잣나무 단지에서 독서를 통해 새로운 세상을 경험하게 됐다고 고백했다. "잣나무 단지에서 1주일에 3~4번은 피톤치드를 즐기며 책을 읽고 있다. 이곳에서 책 읽기는 새로운 즐거움을 준다. 과거 읽었던 책도 이곳에서 읽으면 새롭게 다가온다. 주변 모두에게 불평불만을 가졌고, 남편과는 이혼 직전까지 갈 정도로 심각한 갈등을 겪었다. 이곳에서 책을 읽으면서 하나둘씩 달라졌다. 내가 교회만 열심히 다니는 율법주의자라는 걸 깨달았고, 남편과 불화도 나로 인한 것임을 알게 됐다."고 말했다. 그녀는 너무 힘든 결혼 생활을 정리하고 싶어 산성산 잣나무 단지에서 이런저런 생각을 하면서 벤치에 누워 시간을 보냈다. 잣나무 숲은 그녀를 그렇게 괴롭히던 두통도 완화시켰다. 일상이 조금씩 회복되는 것을 느꼈다.

그녀는 잣나무 단지에서 좀 더 머무르기 위해 책을 읽기 시작했다. 그런데 지금까지 읽었던 책들과는 차원이 다르게 다가왔다. 과거 읽었던 책을 다시 읽어도 역시 마찬가지였다. 새로웠다. 잣나무 단지서 책 읽기를 통해 자신과 주변의 문제 원인이 자신에게 있음을 알았다. 책 읽는 환경이 달라지면서 그 내용도 달라지기 시작했다고 한다. 이혼 위기까지 갔던 부부 사이도 회복되었고, 마찰이 잦았던 주변 관계도 서로 공감대를 넓히기 시작했다. "고산골을 내려오면서 노래를 흥얼거리던 나를 발견하고서 깜짝 놀랐다. 과거에는 상상도 할 수 없었다. 잣나무 단지의 피톤치드가 면역력만 높여준 게 아니라 삶의 품격까지 다르게 해 줬다." 숲을 통해 자신의 불행한 과거에 손 내밀어 화해를 청하고 용서한 그녀는 요즘 숲 전도사로서 열심히 활동하고 있다.

산에서는 나와 숲의 조화가 중요하다. 기운이 떨어져 숲을 찾았다면 면역력을 높이기 위해 집중을 해야 하고, 일상의 스트레스로 힘든 사람은 무거운 어깨를 덜어낼 수 있는 놀이(play)를 해야 한다. 비빔밥의 핵심은 재료 사이의 조화다. 고사리와 콩나물 같은 나물류와 적당히 부친 달걀과 고추장과 참기름이 적절한 조화를 이룰 때 최고의 맛을 낸다. 비빔밥은 그래서 사전 준비가 무엇보다 중요하다. 맛있는 비빔밥을 먹기 위해서는 비비는 과정도 중요하지만, 재료 하나하나 준비하는 과정에 좀 더 집중해야 한다. 맛있는 재료를 하나하나 준비하고서 먹기 좋게 비비는 기술을 발휘해야 한다. 숲속 치유도 마찬가지다. 어느 재료 하나도 튀지 않고, 서로 조화를 이룰 수 있어야 한다. 그러기 위해서는 비빔밥 제조자의 역할 중요하다. 중심을 잘 잡아야 한다. 산성산 잣나무 단지에서 자유를 얻은 K는 비빔밥을 정말 잘 비벼 최고의 효과를 낸 듯하다. 자신을 괴롭힌 두통 문제를 해결하기 위해 피톤치드가 풍부한 잣나무 단지에서 쉼을 가졌고, 그 쉼을 좀 더 가지기 위해 책을 넣어 비빈 게 그녀의 삶마저 바꿔 놓았다.

숲속의 비빔밥 재료는 풍성하다. 우선 나무와 동·식물은 물론 바위, 전경 같은 시각적인 요소와 새소리, 물소리, 바람 소리와 멧돼지 소리도 숲속 곳곳에 자리 잡고 있다. 뷰 맛집과 소리 맛집 숲은 정말 많지만, 향기 맛집은 의외로 찾기가 힘들다. 인간이 외부 환경을 지각하고 기억하는 데는 시각적인 게 대부분인 87%를 차지하고 그다음은 청각(7%)과 후각(3.5%), 촉각(1.5%)이 차지하고 미각은 1%에 불과하다. 그러나 미각은 우리의 장기기억을 끄집어내는 데는 매우 중요하다. 음식과 관련된 이야기나 추억을 가진 사람은 과거를 기억하는 데 남들보다 쉽게 한다. 산에서 좋은 기억을 가지기 위해서는 맛있는 음식을 먹는 것도 굉장히 필요한 이유이기도 하다. 숲에는 이 밖에 우리의 면역력과 창의적인 능력을 키워

주는 음이온도 매우 중요한 역할을 한다. 음이온은 도시보다 숲속이 5배 이상 많이 나온다. 특히 물이 흐르는 계곡이나 숲속 호수, 못 주변에는 음이온이 풍부하다. 7년 전 수도권에서 대구로 이사온 영화·드라마 작가인 J는 아이디어가 고갈될 때마다 숲속 못 주변에서 아예 살 정도다. 피톤치드와 음이온이 뇌를 자극해 창의적인 아이디어를 만들어 주기 때문이다. 물론 숲속에 내장된 전설이나 이야기, 스토리 역시 우리를 치유하는 데 유용한 비빔밥 재료다.

대추 한 알의 가치를 장석주만큼 높게 매긴 시인은 없다. 그의 대추 한 알에는 태풍, 천둥, 벼락은 물론 무서리와 땡볕과 초승달마저 담겨 있다고 했다. 대추 한 알에 이렇게 많은 땀과 노력이 들어가 있는데, 숲은 오죽하겠는가? 숲은 적어도 수백억 년 우주의 시간과 땀과 노력이 고스란히 담겨 있다. 장석주 시인의 대추 한 알과는 비교도 안 될 만큼 높은 가치를 지녔다. 고산골도 수백만 년 시간이 응축돼 있고, 비바람과 천둥과 벼락, 무서리와 땡볕과 초승달마저 내려 만든 곳이다. 이 엄청난 숲의 힘과 능력을 비벼서 나의 몸과 마음과 맷집과 어우러질 때 최고의 비빔밥이 만들어지고, 치유의 힘이 발휘된다.

산림치유는 특별한 비법이 없다고 생각한다. 숲과 나 사이에 남몰래 텐트를 치고서, 나와 숲 사이에 필요한 것을 서로 주고받으면 된다. 내 삶의 문제가 빠른 속도이면, 그걸 줄이는 방법을 숲과 나눠야 한다. 나의 감정 맷집이 너무 허약해 힘들면, 몸의 맷집을 키우기보다 어떤 폭풍우에도 흔들리지 않는 마음 맷집을 만들기 위해 숲에 텐트를 쳐야 한다. 물론 쉽지가 않다. 숲과 나 사이에 공감할 수 있는 숲의 말과 몸짓을 먼저 알아야 한다. 숲의 말과 몸짓을 알기 위해서는 나의 오감부터 완전히 여는 게 우선이다. 노래를 들으며, 유튜브를 보면서 숲속을 아무리 많이 걸어도 결코 소통할 수 없다. 내가 먼저 오감을 열어야 숲은 그 속에 있는 자신의 진짜를, 말과 몸짓을 보여주고 채워준다.

오감을 열고서 숲과 대화가 깊어지면 새로운 신화, 역사도 만들어진다. 우리가 아무리 스트레스를 밀치고 밀쳐서 밀어내도, 스트레스는 무한복제되는 좀비처럼 끝없이 우리 곁으로 달려든다. 그 모습과 덩치도, 목소리도 몸짓도 다르게 변주하며 결코 사라지지 않고 돌아온다. 이럴 때는 나와 숲 사이에 남몰래 텐트를 치고, 스트레스와 동침하며 어르고 달래면 끝난다. 스트레스와 잇는 작은 공감의 틈이라도 생기면, 숲속을 함께 걷기 시작하면 된다. 그다음은 징그럽고, 끈질기게 달라붙던 스트레스 좀비는 스스로 숲속 나무 곁으로, 풀잎 곁으로 달려가 모습을 감춰 버린다. 말로는, 글로는 그 이유를 도저히 설명하지 못한다. 그게 숲의 치유이고, 숲의 신비이면서 비밀이다. 그래서 숲속 사람들은 황홀경에 빠지게 되고 숲을 숭배하는 열렬한 신자가 된다.

사람의 욕바가지가 무조건 우리를 해롭게 하는 건 아니다. 때로는 욕바가지가 치열한 전투 의욕을 돋게 하거나, 욕바가지를 피하기 위한 우회 길을 찾는 등 긍정의 효과도 있다. 물론 일터에서나 가정에서 치명적인 욕바가지를 덮어쓸 때는 세상 종말이 다가온 듯한 게 인지상정이다. 그러나 숲의 욕바가지는 우리를 해롭게 하는 게 전혀 없다. 무조건 덮어쓰면 우리의 몸과 마음을 건강하게 만들어 준다. 항상 종교방송을 들으면서 고산골 아침을 걷는 50대 여성이 있다. 그녀는 은혜로운 종교방송을 들으면서 함께 걷는 강아지에게 날을 세워서 꾸짖었다. 반려견을 향한 잔소리를 자주 했다. 사랑의 방송을 들으며 애완견과 함께 숲속 걷기를 하는데, 왜 화가 날까? 자주 의문이 들었다. 그런데 요즘 그녀와 강아지 사이 관계가 달라지고 있다. 한눈에도 둘 다 자유로워지고 있다는 걸 느낀다. 강아지를 끌고 가기 바빴던 그녀는 여유로워지고, 강아지도 숲을 자유롭게 활보하고 있다. 숲속 걷기가 견공들도 치유하는 것일까? 숲의 치유는 아주 단순하다. 숲속을 걷기만 하면 나머지는 숲이 알아서 다 해준다. 그게 숲의 치유능력이다.

숲은 명의다

산림의 치유능력은 모든 산이 다 가지고 있다. 그런데도 고산골을 강조하는 건 우리 일상에서 쉽게 갈 수 있는 산의 상징으로서 이야기하는 거다. 우리가 쉽게 갈 수 있는 삶 주변의 산, 앞산이나 뒷산이나 옆산이 각자에게는 최고의 산이고 치유의 공간이다.

물론 지리산과 같은 명산이면 치유에는 더없이 좋은 장소다. 친구와 지리산 성삼재에서 천왕봉까지 걸은 적 있다. 새벽 3시에 출발했기 때문에 사방은 캄캄한 데다 나무가 우거져 있어 들머리 등산은 땅만 보고 걸어야 했다. 능선에 올라와 트인 하늘을 한번 쳐다보고서 그 순간 치유의 환상을 경험했다. 수많은 별이 반짝이는 지리산 은하수를 보고서, 당시 가졌던 모든 시름이 몸에서 떠나갔다. 나의 외로운 지리산 등산길을 응원해 주는 은하수 빛은 그야말로 장관이었다.

지리산 종주에 나서면서 하늘의 별은 전혀 생각하지 못했다. 40

여 km에 이르는 산행길을 어찌하면 무사히 끝낼 수 있을까 하는 생각뿐이었다. 오로지 완주만 생각하고 걷는 나에게 하늘의 수많은 별은 뜻밖의 선물이었고, 알퐁소 도데의 「별」에서 농장 주인집 딸 스테파네트 아가씨가, 그것도 별빛을 가득 안고서 나를 응원하는 것 같았다. 하늘을 보기 전까지는 스테파네트 아가씨를 그리워하는 외로운 양치기 소년의 고독에서 벗어나지 못했다. 함께 간 친구는 어디로 갔는지 보이지 않고, 같이 걷던 등산객 역시 땅만 보고 걸어 침묵과 힘듦만이 있는 시간이었다. 외로운 시간은 자연히 사람을 부정적으로 만들게 마련이다. 이렇게 힘들면 완주 못 할 것 같다는 불안감에 휩싸였다. 피로감이 훨씬 높아졌다. 그러나 불안감과 피로감은 은하수 별빛이 쏟아지는 하늘을 본 순간 싹 가셨다. 아니 완주 못 하더라도 괜찮다는 생각이 들어, 불안감 자체를 사라지게 했다. 왜 많은 사람이 고산준령을 예찬하는지 그 이유를 처음 깨달은 순간이다. 하지만 지리산에 쉽게 접근해 함께 살아갈 수 있는 사람은 그리 많지가 않다.

고산골은 명의다. 고산골 사람들은 이 명제를 아무도 부정하지 않는다. L은 고산골이 명의임을 직접 증명했다. 그녀의 고산골 등장은 많은 이의 눈길을 한꺼번에 사로잡았다. 등장 첫인사는 "2주 후 암 수술을 받는다. 살기 위해서 고산골에 왔다."였다. 고산골 사람들에게 너무나 낯설었다. 자신의 치부(?)를 드러내면서 나타난 것도 의외였지만, 마치 자신의 숙제를 고산골 사람들에게 하나씩 나눠서 짐 지우듯 아침에 만나는 모두에게 일일이 자신의 상태를 설명했다. 그것도 해맑게 웃으면서. 그녀는 그렇게 2주 보낸 뒤 암 수술을 받으러 갔다. 당연히 고산골 사람들은 물론 숲속의 나무, 새들도 두 손 모아 그녀의 무사한 고산골 귀환을 기도했다. 고산골 사람들의 기도 덕분인지 그녀는 무사히 돌아왔다. 그리고 미친 듯이 고산골을 헤집고 다녔다. 오로지 살기 위해 고산골을 걷고 또 걸었다. 그녀는 자신의 건강만 고산골에 맡긴 게 아니다. 그녀와 함께 수술받은 환우 5명을 숲속으로 인도하는 전도사가 됐다. 덕분에 그녀와 5명의 암 수술 자매는 수술 후 겪는 불안증후군 없이 암의 공포에서 벗어났다. 5명 가운데 1명은 6개월 만에 임파선으로 전이가 돼 2차 수술까지 받고 방사선 치료도 8개월이나 했다. 그녀는 방사선 치료가 끝난 후 자신이 사는 곳과 가까운 경산의 백자산을 꾸준히 걸으며 숲의 치유능력에 자신을 오롯이 맡겼다. 8년이 지난 지금까지 아무 문제가 없다.

거듭 말하지만, 고산골만 명의가 아니다. 모든 숲은 명의다. 대구의 중견 시인 C는 고향인 경북 경산시 곡란골로 삶의 터전을 완전히 옮긴 지 2년째다. 시인과 미美학자로서 왕성한 활동을 하던 그녀가 암 3기 진단을 받고서 내린 결정이다. "수술과 방사선 치료 후에 어떻게 할 것인가를 놓고 정말 고민 많이 했지만, 재발에 대한 불안감으로 의료기관을 순례하거나 민간요법에 의존하지 않기로 했다. 대신 숲속 걷기와 농사일을 하며 병과 함께 살기로 결심했다." 그녀는 아침에 일어나 텃밭의 풀을 뽑으며 자신의 걱정도 뽑았다. 사과밭에도 마늘밭에도 나가서 일하고, 햇살이 뜨거운 낮에는 숲속을 걸었다. 무리하지 않는 선에서 농사도 조금씩 늘렸다. 올해는 어려운 들깨 심기에도 도전했다. 가을에 턴 들깨 한 보따리를 친정어머니께 드리는 효도도 했다. 시인은 최근 80년대 전설의 그룹 송골매 콘서트 현장을 남편과 함께 가서 즐겼다. 면역력을 우려해 사람들이 많이 모이는 곳에 가는 걸 주저했지만, 이젠 자신감이 생겼다. 물론 두려움에서 완전히 벗어나지는 못했지만, 숲속 걷기와 농사일로 몸 맷집은 물론 마음마저 단단해지는 걸 느끼고 있다.

그녀는 이제 다시 글쓰기를 위해 엉덩이 굳은살 박이기 작업을 시작했다. 제대로 글쓰기 위해서는 엉덩이 굳은살부터 박이게 만들어야 하기 때문이란다. 그녀가 최근 SNS에 올린 글 일부다. "시골에서의 하루가 또 시작이다. 마당에 가득한 햇살이 편안하다. 가을 햇살이다. 저 빛나는 햇살이 얼마나 좋은지, 멍하니 햇살을 보고 있자니 내 인생에 이런 호사가 따로 있었나 싶다." 암에 대한 두려움은 전혀 없고, 감사만 넘친다. 산림&농업 치유의 힘이다. 그녀는 지난 연말 출간 기념회 및 북 콘서트를 가졌다.

나에게 고산골은 최고의 치과의사다. 지난여름 10년째 다니고 있는 치과에서 스케일링을 받았다. 치과에서 10년 전과 현재의 잇몸과 치아 상태를 비교했는데, 10년 전보다 좋아졌다고 했다. 주치의는 "치아 관리를 아무리 잘해도 10년 전보다 상태가 좋아지는 경우는 드문데, 스트레스 관리를 정말 잘하는 것 같다."고 했다. 명의 고산골 능력을 다시 한번 체험하는 순간이다. 매일 새벽 고산골에서 전날 받은 스트레스와 우울, 피로를 하나로 묶어서 숲속 참나무 육 남매에게 골고루 던져주고서 일상 속으로 내려온 덕분이다. 스트레스를 매일 아침 탈탈 털어버렸으니 그 친구가 내 어깨를 무겁게 할 수 없었다. 숲은 스트레스 해소에는 최적의 장소다. 공공기관 민원 담당인 S는 민원인에게 받는 온갖 스트레스를 고산골 옆 큰골 단풍나무한테 저축하듯 매일 맡긴다. 그녀는 퇴근 후 큰골의 아름드리 나무를 껴안거나, 등치기 스킨쉽으로 스트레스를 털어낸다. 그녀는 이곳을 '스트레스 저축은행'이라고 부른다. 퇴근 후 5분만 투자하면 갈 수 있는 숲이 너무나 고맙다. 한때는 번아웃까지 갔지만, 그녀는 숲속 걷기와 스트레스 저축으로 쉽게 이겨내고 있다.

나의 고산골 주치의의 탁월한 능력은 이것뿐만 아니다. 코로나와 함께 찾아온 오십견으로 양쪽 어깨 모두 고통을 받았다. 처음엔 오른쪽 어깨, 그다음은 왼쪽에 찾아왔다. 오십견을 도수치료는 물론 한의원 침 한 번 맞지 않고서 오로지 고산골에 의지해 해결했다. 고산골 주치의가 내게 특별한 치료나 처방을 내린 건 없다. 어깨가 엄청 아프더라도 내색하지 않고 여느 날처럼 고산골 약수터에 가서 스트레칭하고, 약수터 참나무 잎들과 악수한 게 전부다. 통증을 없애는 데 6개월 이상 시간이 필요했지만, 그건 충분히 감수할 만했다. 불청객이 왼쪽 어깨에 놀러와 앉았을 때는 오히려 편했다. 고산골에 시간만 내어주면 해결해 줄 것을 믿었기 때문이다. 왼 어깨 오십견은 오른쪽보다 훨씬 쉽게 해결했다. 물론 고산골을 아침마다 걷는 것 말고는 어떤 의료 처방이나 도움을 받지 않았다.

사실 고산골은 최고의 피부과 전문의이다. 고산골 사람들은 모두 피부미인이다. 그것도 얼굴은 윤기가 좔좔 흐르고, 피부는 탱글탱글함을 자랑한다. 고산골 약수터 20년 개근상을 받은 P는 허리 디스크 악화로 약수터까지 걷지 못하고 법장사에서 요즘 머문다. P의 부인과 남편의 허리 디스크를 두고 얘기 나눈 적 있다.

"아직 젊으신데 벌써 허리 디스크 와서 어떡하느냐."

"젊진 않다. 올해 79세다."

"예? 60대 중반이 아니시고?"

"젊어 보이지만 내년이면 80이다. 하긴 고산골 매일 오는 사람들 너무 젊어 보여 나이 가늠하기 힘들죠?"

그의 남편은 정말 젊어 보인다. 아니 고산골 사람들은 세월을 좀처럼 읽기 어려울 정도로 나이보다 젊음을 자랑한다. "아무리 뛰어난 피부과 전문의라도 고산골만큼 우리를 피부미인으로 만들어 주질 못할 것이다." 고산골 피부과 전문의에게 자신의 피부관리를 맡기는 성형외과 전문의가 한 말이니 믿을 수밖에 없다. 고산골은 특히 산소를 많이 내뿜는 참나무 육 남매 중심으로 수종을 구성하고 있어 신선한 산소가 풍부한 곳이다. 고산골 사람들은 아침마다 숲속을 걸으며 산소 샤워를 즐긴다. 산소 농도가 짙어지면 행복 호르몬인 세로토닌 수치가 높아져, 뇌 스스로 행복감을 느낀다. 그리고 산소의 농도가 높아지면 피부 톤이 개선되고 주름 역시 개선되는 역할을 한다고 한다.

명의 숲의 능력은 정말 엄청나다. 산림치유지도사 과정 교육 동기인 K는 포항 내연산 치유의 숲에서 산림치유지도사로 근무하고 있다. 근무 3개월 만에 자신을 괴롭히던 고혈압 수치가 정상으로 돌아오는 산림치유 능력을 몸소 체험했다.

평상시 혈압이 140/90mmHg였던 그녀는 혈압약 복용 여부를 두고 주치의와 계속 상담받는 처지였지만, 숲속에서 근무하는 환경 덕분에 자신의 문제를 말끔히 해결했다. "근무 환경이 단지 숲속으로 바뀐 것에 불과한데 놀랄 만큼 몸이 달라졌다. 물론 치유프로그램 참여자들과 매일 숲을 거닐며 프로그램을 운영했지만, 이렇게 달라질지 몰랐다. 내연산 치유의 숲 모든 게 좋다. 빗소리 들으며 숲에 누워서 비를 고스란히 맞는 눕방을 할 정도로 즐기고 있다." 그녀는 숲이 지닌 가치가 다시 보이기 시작했으며, 숲의 치유 능력에 대해 좀 더 확신을 가진 채 산림치유 업무를 수행하고 있다.

공황장애를 앓고 있는 S도 숲속 걷기로 거의 극복한 상태다. 영업직 회사원인 그는 부산 출장 갔다가 돌아오는 고속도로에서 공황이 찾아왔다. 운전을 못 할 정도로 갑자기 숨이 가빠지며 심장 뛰는 소리를 스스로 들을 수 있을 정도로 급격한 심계항진이 일어났다. 출장을 함께 간 동료가 없었으면 큰일 날 뻔했다. 증세는 그날 이후 수시로 찾아와 그를 괴롭혔다. 그제야 자신이 공황증세를 앓고 있음을 알았다. S는 증상이 일어날 때마다 숲속으로 들어갔다. 증상이 나타나면 주변의 숲으로 무조건 들어가 앉아 쉬면서 명상도 하고, 책도 읽으며 자신을 다독였다. 숲에서도 사방이 꽉 막힌 듯한 답답함을 느꼈지만, 그럴 때는 무작정 앉아서 기다렸다. 처음에는 약물치료를 병행하다가 숲속에서 자신을 이완시키며 가볍게 넘어갈 정도로 발전했다. 그는 증상이 없어도 가능하면 숲속을 걷는다. 감정의 맷집을 키우기 위해서는 몸의 맷집도 단단하게 만드는 게 중요하기 때문이다. "공황이 일어날 때마다 숲속으로 들어간 게 큰 도움이 됐다. 숲과의 대화로 나를 돌아볼 수 있었고, 이 과정이 몸과 마음을 치유한 것 같다."고 했다.

3년 전 뇌졸중으로 편마비를 겪고 있는 Y도 고산골 1년 만에 환골탈태했다. 고산골 약수터에 처음 나타났을 때 그는 확실히 걷는 게 정상적인 모습이 아니었다. 그러나 이젠 고산골 사람들도 걷는 게 달라졌다고 인정할 정도다. 물론 그는 뇌졸중 후유증으로 걷는 데 약간 불편함은 여전히 느낀다고 하지만, 고산골에서 머무는 시간을 점점 늘리고 있다. 그만큼 자신의 건강이 좋아진다는 것을 스스로 느낀다는 의미다.

명의가 모든 환자를 낫게 할 수 없듯이 숲도 역시 모든 이에게 반드시 명의는 아니다. 고산골 20년 경력을 자랑하는 K는 2022년 초부터 아침 등산을 더 못 하고 있다. 그는 무릎과 허리 통증을 견디다 못해 고산골 아침 산행을 포기했다. 고산골에서는 젊은 축인 60대 후반에 불과한 K가 무릎과 허리의 통증으로, 산행을 할 수 없다는 게 이해하기 힘들다. 그는 20년 이상을 눈비와 상관없이 고산골 아침을 성실히 지킨 지킴이었기에 더 그렇다. 그러나 나는 그의 보행 습관을 예전부터 걱정했다. K는 걸을 때 무릎을 조금 높게 들고서, 발을 땅에 탁탁 치는 듯한 보행 습관을 가지고 있다. 이런 습관은 자연히 무릎과 허리에도 충격을 줘 무리가 갈 수밖에 없는 걷는 방법이다. 고산골이 아무리 명의라도 몸에 무리를 주는 잘못된 습관을 가진 사람을 낫게 할 능력까지는 못 가진 듯하다.

걷기 운동이 전신 건강 개선 효과가 있다는 건 더 말할 필요가 없다. 전신 건강에 좋은 걷기를 숲속에서 한다면 그 효과는 두말할 나위가 없다. 고산골이, 숲이 명의임을 더 말하는 건 입만 아프게 할 뿐이다. 『손자병법』에 이기는 사람은 이길 수 있는 상황을 만들어놓고서 싸우고, 지는 사람은 싸움을 하면서 이길 방법을 찾는다고 한다. 숲이라는 명의가 우리에게 건강과 치유를 책임지고 선물할 수 있게끔 우리는 그저 숲속을 걸으면 된다. 다만 숲속 명의가 건강 전투에서 승리할 수 있도록 우리는 이길 수 있는 상황을 만들어야 한다. 그래서 숲속 걷기에도 좋은 습관이 필요하다. 숲은 우리의 몸과 마음의 맷집을 키워주는 징검다리 역할을 확실히 한다. 문제는 우리가 그 징검다리를 어떻게 건너느냐에 있다.

고산골 사람들

　고산골을 밝히는 가로등은 새벽에는 오전 4시에 켜지고, 저녁에는 밤 10시에 꺼진다. 고산골은 하루 24시간 가운데 적어도 새벽 4시부터 오후 10시까지는 이런저런 사람들과 관계를 맺는 셈이다. 하루 평균 1,000명의 사람이 이곳을 다녀간다. 고산골 입구에 설치된 무인계수기의 집계 결과다. 고산골을 찾는 많은 사람 가운데 직·간접으로 인연을 맺는 이는 하루에 100여 명도 안 된다. 10년 이상을 아침 고산골에서 주고받거나 전해 들은 말들을 류시화 시인처럼 집어등集語燈 켜고서 고산골 사람들의 이야기를 모았다.

　고산골은 밥이다

　　고산골 최고의 터줏대감은 40년 경력을 자랑하는

고산골 산신령 이철우 회장이다. 그의 고산골 사랑은 정말 남다르다. 고산골을 처음 왔을 때, "이 사람 뭐지?" 할 만큼 산신령의 정체는 낯설었다. 고산골에 대한 지독한 사랑을 보여서다. 비가 오나 눈이 오나 항상 일정한 시간에 고산골에서 하루를 열었다. 이런 그가 평상시보다 하산을 일찍 해 이유를 물었다. "사량도 등산 가기 때문"이라고 했다. 일흔이 넘은 어른이 4~5시간 소요되는 사량도를 등산하는 것도 힘이 들 텐데, 워밍업으로 고산골을 왔다 간다는 얘기였다. 고산골 찐사랑의 한 단면이다.

산신령의 고산골 사랑은 사랑을 넘어 때로는 집착이 아닐까하는 의구심이 들 정도다. 그의 고산골 등산 기록은 1년에 단 이틀만 빼면 된다. 어렵게 계산할 필요가 없다. 빠지는 이틀은 설날과 추석이다. 그날도 고산골이 너무나 그립지만, 가족 모두가 모이기 때문에 애써 참는다. 물론 가족이나 친구들과 여행을 갈 때는 예외다. 몇 년 전 산신령이 장기간 고산골을 비운 적 있어 난리가 났다. 혹시 사고가 아닐까하는 걱정에서다. 다행히 여행 갔다가 기상악화로 여행지에 발 묶인 사고였다.

산신령의 고산골 사랑은 절대 집착은 아닌 것 같다. 아침마다 만나는 사람들에게 항상 고맙다는 인사를 한다. 당신 덕분에 내가 고산골 매일 올 수 있다는 뉘앙스를 주면서, 그들도 지치지 않고 매일 고산골을 오도록 격려한다. 그만큼 고산골 사랑에 진심이다.

산신령의 지독한 고산골 사랑은 안타까움에서 시작됐다. 섬유업을 하며 사업에 재미를 느끼던 80년대 중반, 그는 큰 교통사고를 당했다. 동승자가 숨지고 그는 얼굴만 90바늘이나 꿰맬 정도로 중상을 입었다. 사고를 잊고, 망가진 몸을 회복하기 위해 고산골과 인연을 맺었다. 산신령은 고산골에 온몸을 다해 정성을 쏟았고, 고산골 역시 그에게 치유의 선물을 한없이 던져 줬다.

산신령은 고산골을 소중한 밥 한 그릇으로 여긴다. 춥고 덥다고, 비 온다고 오지 못한다는 고산골에 대한 믿음이 약한 어린이(?)들에게 "춥다고 덥다고 밥을 먹지 않느냐?"고 말한다.

'밥은 하늘입니다/ 하늘을 혼자 못 가지듯이/ 밥은 서로 나눠 먹는 것/ 밥은 하늘입니다' 산신령은 김지하 시인의 시를 가슴 깊이 새긴 듯하다. 홀로 독차지하는 게 아니라 사람들과 고산골을 밥 나누듯 나누고 싶어 한다. 고산골을 향한 그의 간절함은 언제까지 갈까? 아니 그는 고산골 등산을 언제까지 할 수 있을까? 산신령 자신도 모른다. 다만 오래도록 고산골 밥을 먹기 위한 노력을 게을리 않는다. 새벽에는 고산골을 걷고, 저녁엔 수영한다. 사고 후유증과 노령으로 허리 협착증으로 고생하지만, 꾸준히 실천하고 있다.

세계 최고봉 에베레스트산 최고령 등산가는 일본 산악인 미우라 유이치로다. 그는 80세이던 지난 2013년 에베레스트 최고령 등정 기록을 세웠다. 원래 이 기록은 네팔 산악인 민바하두르 세르찬(76세에 에베레스트 등정)이 가지고 있었다. 세르찬은 일본 산악인이 자신의 기록을 깨자, 지난 2017년 기록 갱신을 위해 86세의 나이로 다시 도전했지만 베이스캠프에서 숨지는 사고가 발생했다. 이 사건으로 에베레스트 고령 등산은 제한하고 있다. 물론 중국 쪽 등정은 60세로 제한하지만, 네팔에서는 여전히 16세 이상이면 누구나 가능하다.

그럼 고산골 최고령 새벽 등산 기록은 누가 깰 것인가? 물론 고산골과 세계 최고봉 에베레스트의 등정과는 비교는 무리인 건 안다. 그러나 고산골 역시 어르신들에게는 힘든 도전이다. 고산골 앞산공원관리사무소에서 법장사까지 직선거리는 500m 정도다. 가장 먼 여행이 머리에서 가슴까지라고 하지만, 고령으로 모든 기능이 떨어진 어르신들에게는 앞산공원관리사무소에서 법장사까지 여행이 가장 먼 여행이 될 수도 있다. 고산골을 처음 왔을 때 이 거리를 걸으며 몇 번이나 서서 쉬는 어르신들을 이해하지 못했다. 그러나 저게 우리 부모님의 모습이고, 먼 훗날 노쇠한 나의 모습이라고 생각을 바꾸니 모든 게 이해가 됐다. 아무튼 고산골 최고령 등산 기록 소유자는 누군지 아무도 모르지만, 앞으로는 산신령이 틀림없이 가질 것으로 확신한다. 그 기록은 영원히 깨지지 않을 가능성이 크다. 고산골 사람들도 그렇게 되기를 간절히 바라고 있다.

고산골의 미소

경주박물관 수막새 신라의 미소는 신라 천년을 상징하는 유물이다. 경주 영묘사 터에서 발굴된 이 기와는 수줍은 듯한 옅은 미소와 함께 눈과 코, 입을 사실적으로 표현했으면서도 세상 모든 걸 알 듯 모를 듯한 신비로운 얼굴을 하고 있어, 삼국시대 대표적인 걸작으로 꼽히는 작품이다. 우리에게 익숙하고 친근한 LG그룹의 로고는 이 수막새를 모티브로 만들어 성공을 거둔 대표적인 사례다.

고산골 아침에도 신라의 미소만큼이나 잔잔하지만 밝은 기운을 주는 분이 있다. 초등학교 교사를 정년퇴직한 권숙자 선생이다. 고산골 아침 20년 이력을 자랑하는 그녀는 만나는 사람마다 다정한 인사를 건네 모두가 인정하는 고산골의 미소다. 권 선생은 초등학교도 검정고시로 졸업할 만큼 어려운 환경에서 성장했지만, 정말 밝고 친절한 분이다. 마주칠 때마다 인사만 나누다가 너무 밝은 모습에 매료돼 "어르신 올해 연세가?" 했더니, "내 친구들은 대부분 하늘여행을 떠났거나, 떠나기 위해 요양원에 누워있다." 했다. 그래서 그녀의 나이가 정말 많은 줄 알았는데, 생각보다 많지를 않았다. 그녀는 여든이다. 물론 여든의 나이로 비교적 가파른 고산골을 매일 걷는다는 건 정말 대단하다. 그래도 고산골 관리사무소 앞 어르신들의 평균 연령에 비해 그리 많지 않다는 얘기다.

권 선생은 이쁜 새색시처럼 감성이 넘치는 분이다. 너무 무더운 한여름에는 등산하기 힘겨워 땅만 보며 가쁘게 숨을 쉬며 걸었다. "힘들어도 골골마다 부는 바람이 다르니 온몸으로 느껴 보이소. 그럼 덜 힘들 텐데." 했다. 정말 그랬다. 걷다가 잠시 멈춰 가느다랗게 불어오는 바람을 느껴 보면, 그녀의 말처럼 지점마다 바람의 세기는 조금씩 달랐다. 그러나 바람의 변화를 몸으로 느끼는 건 쉽지가 않다. 온몸의 촉각을 곤두세워야 느낄 수 있는 미세한 변화다. 여든의 그녀가 그걸 감지한다는 건 마치 오랜 고목古木에서 새순이 돋는 것처럼 경이롭다. 나이가 들수록 감각은 떨어지고 변화에 둔감해질 수밖에 없는 게 인간이다. 고산골 아침 등산이 힘겨울 때는 권 선생과 이런저런 얘기를 나눈다. 그녀는 밝은 미소만큼이나 재미있게 이야기를 풀어낸다. 사법고시를 준비하다가 둘째 며느리가 된 이야기는 정말 웃게 한다. "며느리가 만약 사법고시 합격했더라면 우리 집안의 비극이었을 수 있었다. 며느리에게 얘기는 못 하고 사돈에게도 미안했지만, 시험 불합격 소식을 듣고 만세를 불렀다."고 즐거워하며 얘기해 줬다. 시험에 합격했다면, 마음에 쏙 드는 둘째 며느리와의 가족 인연은 맺기 어려웠을 수 있다는 의미로 들렸다.

고산골에는 권 선생처럼 미소가 밝은 분들이 많다. 이름도 나이도 모르지만 80대 중·후반으로 보이는 여성은 인사만 건네면 나이답지 않게 하이톤의 젊은 목소리로 인사하며 덕담을 건넨다. 이분은 고산골 입구에 설치된 그네에 자주 타면서 즐거운 여행을 떠나는 듯한 표정을 지어, 볼 때마다 주변을 행복하게 만드는 묘한 매력을 지녔다. "즐겁고 행복한 날 되세요."라며 만나는 사람 누구에게나 인사를 건네는 어르신도 고산골의 행복 바이러스다. 그는 고산골 아침에 만나는 누구에게나 이 인사를 건넨다. 상대가 대응하는지 전혀 상관 않고 줄기차게 인사한다. 그 덕분인지 고산골 아침에는 '즐겁고 행복한 날 되세요' 인사를 건네는 이들이 상당히 늘고 있다. 고산골 미소 덕분에 아름다운 아침 풍경이다.

티코 부부와 스틱 부부

러시아 작가 막심 고리키는 명언 제조기다. 부부에 관한 주옥같은 말도 쏟았다. '부부라는 것은 쇠사슬에 함께 묶인 죄인이다. 그렇기 때문에 발을 맞추어서 걷지 않으면 안 된다' 고리키의 말처럼 부부가 함께 발맞춰 걷는 게 쉽지가 않은 것 같다. 삶에 대한 생각이나 좋아하는 취미가 다른 부부가 이인삼각 경기에 출전한 선수처럼 발맞춰 행동하는 건 쉽지 않다.

고산골 아침에는 많은 사람이 행복한 일상과 건강을 위해 숲속을 걷고 있지만 부부가 함께하는 커플은 좀처럼 찾기 힘들다. 고산골 산신령들은 배우자와 함께하는 걸 기대하고 있지만, 현실은 전혀 그렇지 못하다. 매일 아침 산을 함께 걸을 만큼 부부의 취미나 철학이 비슷해 쇠사슬로 묶을 수 있는 동반자가 흔하지 않다는 얘기다. 다만 고산골의 대표 잉꼬부부 티코 부부와 동인동 스틱 부부는 예외다. 이들은 고리키의 말처럼 쇠사슬로 함께 묶인 죄인(?)처럼 늘 함께한다.

티코 부부의 남편 김영배 씨는 자동차 관련 부품 기업을 운영하다 은퇴한 기업인이다. 82세인 그는 고산골 약수터에서 아침을 즐기는 분들 가운데 최고 고령이다. 고산골 사람들이 티코 부부라길래 경차를 타는 줄 알았는데, 전혀 아니었다. 당시 이들 부부는 고급 외제 승용차를 타고서 고산골로 왔다. 그 이유를 남편이 아내와 항상 거리를 두고서 걷고, 사람들과 말을 잘 섞지 않아서 붙인 별명이라고 고산골 사람들은 설명했다. 한마디로 밴댕이 소갈딱지 인물이라는 의미에서 경차를 별명으로 갖다 붙인 것으로 보인다. 그러나 전혀 아니다. 고산골 사람들의 완전한 오해다.

고산골 경력 20년을 자랑하는 이들 부부는 서로를 배려하는 게 정말 너무 멋지고, 유머 감각도 아주 좋은 분들이다. 다만 서로 걷는 속도가 달라서 남편이 앞장서서 이끌고, 아내는 따라가는 모양새다. 남편은 항상 고산골 약수터까지 가지만, 뒤따라가는 아내는 그날 컨디션에 따라 걷는 거리를 조절한다. 약수터까지 걷기도 하지만, 대부분 약수터를 다녀오는 남편을 중간지점에서 만나 같이 하산한다. 아마도 고산골 사람들은 이런 모습을 남편의 좁은 속 때문으로 생각하는 듯하다. 내가 고산골에서 개근상을 받을 수 있다면 이들 부부의 공도 상당할 것같다. 모든 게 그렇지만, 고산골 아침도 매번 시작이 힘들다. 고산골 등산을 시작할 때 유머 코드가 맞는 이들 부부와 농담을 주고받으며 걸으면 힘듦이 조금 가벼워진다. 특히 김영배 씨의 유머 코드는 나와는 찰떡이다. 법장사 스님의 새벽 예불 목탁 소리가 유난히 힘 있는 날이었다.

"사장님 건강하게 해달라고 매일 아침 부처님께 저렇게 간절하게 예불드리니 좋지예?"

"내 교회 다니는 것 모르나?"

"알지예. 교회 다니셔도 스님이 저렇게 기도해 주시니 더 좋잖아요."

"요즘 바빠서 교회 자주 못 간 것 우예 알았노. 이번 주부터 열심히 가꾸마."

항상 이렇게 유쾌하게 맞장구쳐 준다. 그는 요즘 허리디스크 협착증으로 등산하는 데 조금 어려움을 겪고 있다. 최근 허리 수술을 심각하게 고민했지만, 그대로 버티기로 하고 여든을 넘긴 나이에도 꿋꿋하게 고산골 아침을 즐기는 분이다.

티코 부부의 별명은 아마도 동인동 스틱 부부와 대비돼 붙었을 수도 있다. 스틱 부부는 서울서 대기업 상사맨으로 정년퇴직 후 고령의 부모를 모시기 위해 고향 대구로 내려온 이동환 부부가 항상 함께 스틱을 들고서 등산하기 때문에 붙은 별명이다. 이들 부부는 언제나 나란히 걸으며, 단 한 순간도 말이 끊기지 않을 정도로 끊임없이 서로 얘기하면서 등산한다. 이 부부를 뒤따르면 신기할 정도다. 주야장천 붙어 있는 부부가 어찌도 할 말이 많은지. 젊은 연인보다도 더 연인 같다. 이 부부는 감성마저 남다르다. 고산골에서 마주칠 때마다 영화 얘기, 전시회 소식 등 문화에 관한 다양한 이야기를 해주며 말랑말랑한 감성을 키울 것을 권유한다.

"Burn The Stage 봤나?"

"무슨 영화인데요?"

"BTS는 아나?"

"당연히 알죠."

"BTS를 다룬 영화인데, 재미있다."

BTS의 영화 〈Burn The Stage〉를 스틱 부부를 통해 알았다. 스스로 아미임을 고백할 정도로 젊은 감성을 가진 부부다. 고산골에 비가 내리는 날에는 약수터 사람들은 쉼터에서 스틱 부부를 하염없이 기다린다. 마치 아이들이 장날 시장 보러 간 부모를 기다리는 것처럼 목을 빼고 있다. 스틱 부부는 비만 내리면 항상 맛있는 과자와 커피를 짊어지고 와서 고산골 약수터 사람들과 함께 나눠 먹는다. 비 오는 날 이들의 이벤트는 어느덧 10여 년의 시간이 고스란히 쌓여 있다..

고산골 부부의 세계에도 조금 변화의 바람이 온다. 지금까지는 티코·스틱 부부만 보였지만, 요즘 부부로 보이는 커플들의 고산골 아침 나들이가 부쩍 잦아지고 있기 때문이다. 이들과는 하산할 때 만나기 때문에 인사는 나누지만, 전후 사정은 모른다. 그러나 같이 걷는 모습만 봐도 부부로 보인다. 최근에는 서로 손을 꼭 잡고 고산골 아침을 걷는 젊은 부부도 등장했다. 우리 부부도 고산골 부부의 세계에 출연하고 싶은 게 솔직한 심정이다.

고산골 프리마돈나

아침마다 고산골에는 프리마돈나의 공연이 있다. 그녀는 발레를 특별히 배운 것 같지는 않지만 하산할 때 모습은 정말 우아하다. 뒤로 하산하면서 춤추는 듯 팔을 휘저으며 사뿐사뿐 걷는 게 백조를 연기하는 발레리나다. 그것도 항상 검은색 등산복과 모자를 착용하기 때문에 춤추는 검은 백조처럼 우아한 매력을 선보인다. 40대 후반 주부인 임미영은 고산골 경력이 거의 20년을 자랑하는 베테랑이다. 그녀는 고산골에서 뒷걸음 하산 바람을 불러일으킨 원조다. 그녀는 살짝이 불편한 허리에 무리를 주지 않으면서 상체의 유연성을 기르기 위해 춤추는 동작을 반복하며 뒷걸음으로 하산한다. 처음엔 등산스틱에 의존해 조심스럽게 뒷걸음 하산하다가, 자신이 붙었는지 그다음부터는 춤추듯 사뿐사뿐 뛰며 내려온다. 나의 뒷걸음 하산도 사실 그녀의 영향이 크고, 많은 고산골 사람들이 요즘 그녀를 따라서 뒷걸음으로 하산한다.

　그녀의 고산골 아침 등산은 순전히 부모님 영향이다. 앞산 밑에 사는 그녀의 친정 부모는 여전히 고산골과 앞산을 다닌다. 그녀 가족은 숲속 가족이다. 그녀 남편 역시 퇴근 후 혼자 고산골을 걷고 있으며, 초등학교 6학년인 딸도 틈만 나면 고산골에서 노는 숲속 아이다. 그녀의 가족은 각자 알아서, 자신의 시간에 맞춰 숲속 걷기를 즐긴다. 그녀의 가족은 함께 여행을 가서도 주변 숲을 걷고 하루를 시작할 만큼 숲의 세계에 푹 빠져 있다. 그녀는 20대 후반에 부모님 따라서 자연스럽게 고산골 아침과 절친이 됐다. 고산골 20년 경력을 자랑하는 그녀에게 가장 힘든 시기는 딸아이 임신 기간이라고 했다. "결혼 후 10년 만에 어렵게 아이를 가진 탓인지, 부모님께서 임신 내내 산을 못 가게 했다. 혹시나 어렵게 가진 아이가 잘못될까 걱정했기 때문이다. 이때만큼 고산골이 가고픈 적이 없었다." 그녀는 출산 후 딱 백일 되는 날, 딸의 백일잔치를 끝내자마자 고산골을 다시 다니기 시작했다.

임미영은 스스로 고산골 경력이 40년이라고 주장한다. 가족이 앞산 밑으로 이사 온 일곱 살 이후 고산골을 놀이터로 삼았기 때문이다. 그녀가 숲의 매력에 푹 빠진 건 아주 단순하다. "숲에서 하루를 시작하는 게 너무 행복하기 때문이다. 물론 최근에는 나잇살 때문인지 고산골을 아무리 다녀도 체중이 증가하는 게 스트레스지만, 아이가 독립 생활을 할 수 있는 중학교만 들어가면 고산골에서 더 많은 시간을 보낼 예정이다."

고산골은 걱정인형!

한때 우리 사회에 걱정인형 바람이 거세게 불었다. 스스로 걱정인형을 만드는 사람들이 늘어나자 DIY상품도 만들어졌고, 한 보험회사는 걱정인형으로 고객들과 소통하며 다양한 이벤트를 펼칠 정도로 바람이 불었다. 이 걱정인형은 남미 마야인들의 오랜 전통이다. 마야인들은 오래전부터 자신들이 잠자는 동안 인형이 걱정을 가져가 주기를 바라는 마음에서 이른바 걱정인형을 만들어왔다. 그들은 걱정 때문에 잠이 오지 않을 때, 이 인형에 걱정을 한 가지씩 이야기하고서 베개 아래 넣어두고 자면 밤새 이 인형이 걱정거리를 가져간다고 믿는다.

고산골 경단남(고산골 경력 단절 남성)인 공무원 이대우는 '고산골이 걱정인형'이라고 말한다. 그는 7~8년 전부터 고산골에서 아침 등산을 즐겼다. 처음에는 단순히 살을 빼기 위한 발버둥으로 시작했다. 키 183cm에 몸무게 90kg 훌쩍 넘어 혈압 등에 문제를 일으켜 고산골을 걷기 시작했다. 그는 고산골을 통해 산림치유의 엄청난 힘을 몸소 체험한 케이스다. "자기 전에 생각나는 걱정거리를 내일 아침 고산골에서 할 고민이라며 미루고 푹 잤다."고 했다. 또 "고산골을 오르며 걱정거리를 이리저리 재단하다 보면 어느덧 목표지점에 도착해 있었다."며 고산골은 자신의 걱정거리를 해결해 주는 걱정인형이라고 말했다.

그는 "산에 오를 때는 걱정이 부정적으로 다가왔다가 하산할 때는 저절로 아주 긍정적인 결론으로 다가온다. 산속 걷기는 걱정거리 해결하는 데 최고"라며 엄지 척 했다. 고산골 아침 등산을 5~6년 열심히 실천하다가 1년 정도 쉬었더니 걱정이 너무 쌓여 3개월 전부터 고산골 걱정인형을 다시 만들기 위해 나오기 시작한 것이다. 김승희 시인은 「세상의 걱정인형」에서 "세상의 걱정 인형 / 지상의 모든 어두운 걱정을 담당한다" 했지만, 그는 걱정을 시인에게 맡기기보다 고산골에 무조건 던져 톡톡한 효과를 보고 있다.

나도 고산골 경단남의 고산골 걱정인형을 따라 해 본 적 있다. 성공적이었다. 이 책을 쓰는 도중에 의사의 인문학책 출판기념회에 참석했다. 저자의 책을 그 자리서 대충 읽고, 저자의 특강을 듣고서 집으로 돌아오는 길은 너무 무거웠다. 동서양을 넘나들며 화려한 지식의 인문학적 향연을 펼친 책을 보고서 주눅이 들었다. 책 쓰기를 계속해야 하나? 괜히 주변에 책 쓴다고 설레발 친 게 아닐까? 등 후회가 한여름 대구의 날씨만큼이나 무겁게 다가왔다. 걱정은 잠자리에도 당연히 가져왔다. 순간 고산골 경단남이 생각났다. 걱정은 이대우의 걱정인형 고산골에 맡기자고 생각하고 잠들었다. 다음 날 고산골을 걸었을 때는 이미 걱정이 아니었다. 의사 선생님처럼 인문학적 지식을 자랑할 형편은 없지만, 고산골 사람들의 다양한 삶의 이야기를 가진 건 나밖에 없다는 결론을 내렸기 때문이다. 역시 고산골이 최고의 고민 해결사이다.

고산골 오지라퍼들

고산골의 아침은 오지랖 넓은 사람 덕분에 풍성하다. 매일 아침 고산골을 찾는 산신령들을 위해서, 고산골 아침을 상쾌하게 깨우는 새들을 위해, 고산골의 깨끗한 환경을 위해서 이런저런 오지랖을 떠는 오지라퍼가 수없이 많다. 아침 고산골이 건강하고 살아 있는 커뮤니티로서 시민들의 사랑을 받는 건 산신령들의 발자국도 커다란 역할을 하고 있지만, 이들 오지라퍼의 노력과 땀도 있었기에 가능했다.

최고 멀티플레이어인 이관우 사장은 고산골 산신령들을 잇는 연결고리다. 고산골 아침 산신령들의 모든 회합에는 그가 중간에서 역할을 하고 있다고 해도 과언이 아니다. 그만큼 고산골 산신령들의 위키피디아로서 소소한 일상은 물론 각종 기념일도 꿰고 있다. 연세 높으신 산신령들의 칠순이나 팔순 같은 의미 있는 기념일에는 앞장서서 잔칫상도 마련하는 수고를 아끼지 않는다. 고산골 산신령들의 역사를 기록하는 고산골 실록을 만든다면 경력 20년을 자랑하는 그가 실록 편찬자가 되는 것에는 어느 누구도 이의를 제기하지 않을 것이다. 그는 대구 북성로 공구상가에서 매장을 운영한다. 그러면서 제2의 인생을 위해 경북 포항시 기계면에서 대규모 농사도 지으며 누구보다 바쁜 일상을 즐겁게 해내는 인물이다.

전성수는 고산골 새버지(새들의 아버지)다. 새들이 겨울을 날 수 있도록 고산골 곳곳에 한 움큼의 쌀을 뿌려 주며 수고를 마다하지 않는다. 고산골 새버지 노릇은 지난가을부터 시작됐다. 집에 있는 묵은쌀을 그냥 버리기 아까워서 가무장 등 몇 곳에 뿌리기 시작했는데, 새들의 반응이 의외로 좋아 2~3일마다 쌀을 공급하고 있다. 새들의 겨울나기에 관심을 가지면서, 아침마다 점점 새로운 동물 가족이 보이기 시작해 고민이 깊어지고 있다. 최근에는 담비와 족제비 등을 등산로 주변에서 보았다고 한다.

"아침 등산을 하면서 겨우살이를 힘들어하는 동물들이 자주 보여 마음 아프다." 건축 감리 일을 하고 있는 그는 고산골 경력이 겨우 2년에 불과하지만, 앞산 밑에서 어린 시절을 보내 초등학교

때 어두운 새벽에 어른들 따라서 산성산 능선을 탄 등산 꿈나무였을 만큼 일찍이 숲속 사람이었다고 한다. 50여 년이 지난 뒤 고산골로 되돌아온 그는 요즘 하루하루가 꿈만 같다. 그는 고산골 아침 2시간을 '신이 준 덤의 시간'이라고 생각한다. 자신의 하루를 남들보다 2시간 많은 26시간으로 여기고 일상의 여유를 즐긴다. 마치 신이 고달픈 삶을 잠시 잊고서 행복하라며 덤으로 준 선물을 매일 받고 있는 거다.

근육맨 배정근은 삶 속에서 환경보호를 실천하며 플로깅을 일상화하는 고산골 최고의 바른 생활자이다. 그는 아침마다 고산골 약수터를 오르내리면서 온갖 쓰레기를 주우며 등산하는 플로깅을 한다. 플로깅은 Plocka Upp(스웨덴어, 줍다)+Jogging의 합성어로 자연이나 삶의 현장에서 환경을 가꾸고 지키며 걷기를 생활화하는 실천적 환경 지킴이들이다. 코로나가 전국을 강타하면서부터 그는 오래 다닌 헬스장을 떠나 고산골에 나타났다. 항상 조용히 약수터에서 오랫동안 근력운동을 해 고산골 산신령들과는 교류가 거의 없었다. 산신령들 사이에 그에 대한 미담이 쏟아지기 시작했다. 매일 아침 고산골 등산로에서 쓰레기를 주우며 플로깅을 실천했기 때문이다. 하나뿐인 지구에 아무런 흔적을 남기지 않는 흔적 없는 삶(Leave No Trace)을 실천하는 그도 제2 인생을 농촌에서 꿈꾸고 있다. 최근 부쩍 고산골에서 결석이 잦아지고 있다. 경북 청도군에 농막을 지으며 전원생활을 시작할 준비를 한다. 그가 삶의 근거지를 청도로 완전 옮겨 버리면, 고산골은 최고의 오지라퍼 가운데 한 사람을 잃게 되는 아픔을 겪을 것으로 보인다.

고산골 최고 궁금증 유발자는 30대 말에서 40대 초반으로 보이는 젊은 남성이다. 그와는 항상 가무장 부근에서 스친다. 가무장에서 스친다는 건 그의 등산 시간이 적어도 새벽 5시 이전이라는 얘기다. 전혀 아는 게 없다. 오가며 인사는 나누지만 그뿐이다. 궁금하면 일단 질문을 던지는 게 고산골에서 나의 역할인데 이 젊은이에게는 못 하고 있다. 또 자타가 인정하는 두 명의 미녀들이 있다. 나이 차이 조금 있어 보이는 이들은 언니 동생 하면서 매일 엄청 수다를 떨고 있지만, 마주칠 때마다 인사만 나눌 뿐 속 깊은 얘기는 한 번도 나누지 못했다. 매일 아침 고산골 법장사에서 새벽 기도를 하고 하산하는 보살님, 배드민턴과 약수터 등산을 동시에 즐기는 남성 등 많은 이들이 궁금증을 유발하지만, 등·하산 시간이 맞질 않아 서로 궁금함만 가진 채 매일 인사하고 있다.

고산골은 살아 있는 숲이다. 하루에도 1천여 명의 대구 시민들이 찾는 숲이면서 이런저런 이야기가 다양하게 만들어지고 숨어 있는 곳이다. 시간만 허락한다면 고산골 사람들의 24시간 이야기를 듣고, 눈으로 확인하고 싶다.

숲속 리더와 술〔酒〕속 리더

헬레니즘 문화를 전파하고 로마제국 이전에 세계 제국을 건설한 그리스 알렉산드로스는 숲속형 리더였을 것이다. 알렉산드로스는 페르시아 원정길에 '누구든지 이 매듭을 푸는 자, 아시아를 정복할 것'이라고 예언한 매듭인 고르디우스의 끈을 아주 쉽게 해결하고 정복전쟁의 승리를 거머쥐었다. 그의 해답은 고르디우스 매듭을 풀려고만 달려든 다른 리더와 달리 단칼에 잘라버리는 것이었다. 숲속 리더는 이처럼 단순하다. 복잡한 문제를 단순화시킬 수 있는 게 진짜 리더다.

고산골 최고 반전의 여주인공이 있다. 고산골에서 그녀에 대한 첫 기억은 호된 경험을 한 날이어서, 나는 페이스북에 힘듦을 고백한 글을 올렸다. 지난 2021년 11월 5일 자다.

고산골 결투 - 숏다리의 애가哀歌 -

오늘 아침 고산골 산행에서 진격의 롱다리 여인과 혈전을 치렀다. 이분은 내가 하산할 때 가끔 보이는 키 큰(아마도 180cm 이상) 여성, 그것도 아주 롱다리를 자랑하는 이였는데, 오늘 아침에는 주차장에서 같이 출발했다. 이분 걸음이 무척 빨랐다. 아니 빠르기보다 롱다리로 성큼성큼 걸으니 엄청 빠른 느낌을 주었다.

걷기에는 나름대로 자신 있고, 또 고산골 아침 산행의 터줏대감으로서 추월당하는 것은 있을 수 없기 때문에 기를 쓰고 앞서 걸었다.

본격적인 오르막이 시작됐는데도 진격의 롱다리의 속도는 줄어들 기미를 보이지 않았다. 당연히 내 걸음은 더 빨라질 수밖에 없었다. 추월당하지 않으려고 거의 뛰다시피 헉헉거리며 속도를 높였다.

고산골 약수터까지 결투는 계속됐다. 웬만하면 오르막길에는 속도를 늦추기 마련인데, 진격의 롱다리는 지치지 않고 따라왔다. 다행히 약수터에 가기까지 추월당하지 않았다.

그러나 숏다리의 슬픔을 뼈저리게 느낀 아침이었다.

내일 이분을 등산길에서 다시 만난다면, 무조건 피할 생각이다. 숏다리의 한계를 인정한다.

그날은 아직도 기억이 생생하다. 고산골 아침 산행 가운데 어쩌면 가장 힘든 등산으로 꼽힐 수 있는 날이다. 그날 이후로는 그녀와 멀찍이 떨어져 걸었다. 뒤에서 추월해도 전혀 신경 쓰지 않았다. 게다가 그녀는 비가 올 때는 태극기가 그려진 우산을 쓰고 다녀, 태극기 부대가 아닐까하는 의심도 들어 더욱 몸조심하게 했다. 2022년 여름이 끝나갈 무렵, 고산골 주차장에서부터 같이 걷게 됐다. 그날은 무슨 바람이 불었는지 서로 이런저런 얘기를 하며 걸었다. "왜 아침마다 새벽 등산을 하느냐?"는 질문에 그녀는 "직업이 도를 닦아야 하기 때문"이라고 조금은 엉뚱한 대답을 했다. 그러면서 풀어 놓은 그녀의 고백은 엄청났다.

그녀는 2020년 도쿄올림픽 여자양궁 대표팀 감독 류수정이었다. 그제야 모든 의문이 눈 녹듯이 풀렸다. 양궁 선수 출신의 국가대표 감독이니 체력적으로 나와는 비교가 되지 않을 정도로 잘 걷는 게 당연했을 것이다. 그리고 국가대표 감독이니 태극기 우산을 들고 다니는 것 역시 당연한 수순이다.

류수정 감독은 리우올림픽이 끝난 직후부터 고산골 새벽 등산을 시작했다. 여성 최초로 국가대표 여자양궁 감독으로서 리우올림픽을 석권하고서 잠을 못 이뤘다. 올림픽 8연패의 성적과 그녀가 대학 시절부터 가르친 장혜진 선수가 개인 및 단체전 2관왕을 차지한 결과는 너무 벅찼다. 벅찬 감정은 올림픽이 끝나도 쉬이 가시지 않았고, 리우올림픽에 이룬 성과 지속에 대한 걱정으로 잠 못 드는 일이 잦았다. 잠 못 이루는 새벽을 뒤척이지 않고 그녀는 집과 가까운 고산골을 걷기 시작했다. 2016년 리우올림픽 이후부터다. 벌써 6년째다. 대회 참가 관계로 외국이나 다른 지역으로 가지 않는 한 새벽 등산을 빠뜨리지 않는 고산골 성실파 가운데 한 명이다.

그녀는 새벽 등산을 도를 닦는 과정이라고 강조했다. 매 순간 피 말리는 경쟁을 해야 하는 양궁에서 감독이 무심할 정도의 평안을 유지하지 않으면 선수들이 먼저 흔들린다. 무심한 평안을 유지하기 위해 도를 닦는 기분으로 매일 고산골을 찾는다는 거다. 물론 류 감독의 새벽 등산은 머릿속에서 경기 전략 짜기, 상대 선수 분석, 자신의 팀 선수 장단점 분석 등 수만 가지 전략을 짜고, 그 전략을 가지고 도상훈련을 하는 시간이다. 그녀는 새소리만 들리는 조용한 새벽 시간이 복잡한 전략을 아주 단순화시키는 데 최고라며 엄지 척을 한다. 그녀는 모든 대회를 철두철미하게 준비하는 것으로 유명하다.

"선수들은 자기 인생을 걸고서 감독에게 모든 것을 맡긴다. 감독은 선수들이 좋은 결과를 낼 수 있도록 분석하고 또 분석해서 최선의 결과를 낼 수 있어야 한다."

류 감독의 숲속 걷기는 그의 양궁 선수 입문과 동시에 시작됐다. 무려 40년 숲속 인간으로 생활해 온 셈이다. 중학교에 진학하면서 양궁을 시작한 그녀는 담력을 키우기 위해 아버지와 전국의 웬만한 높은 산은 다 다녔다. 일찍부터 숲속형 선수였다. 등산은 체력과 담력, 인내심을 키울 수 있어 양궁선수에게는 최고의 훈련 방법이었다. 덕분에 고교 2학년 때 국가대표 양궁선수로 선발, 선수로서도 능력을 보였지만 그녀는 대학에 진학하면서 지도자의 길을 일찌감치 선택했다.

지도자로서 그녀는 최고의 성과를 냈다. "선수에게 감사 편지를 나만큼 많이 받은 감독은 없을 것"이라며 당당하게 자랑한다. 지도자로서 그녀의 성과는 정말 눈이 부시다. 여자양궁 올림픽 8연패, 9연패를 달성한 주인공이며, 지난 2020년 세계 3대 메이저 대회를 석권한 최초의 여자 감독이다. 양궁 3대 메이저대회는 올림픽과 아시아대회, 세계양궁선수권대회다. 그녀는 2014년 인천 아시아대회와 리우와 도쿄올림픽, 그리고 2020년 미국 양크턴 세계양궁선수권대회에서 우승을 차지했다. 양궁에서 그랜드슬램을 차지한 최초의 여자 감독이고, 남자 감독을 포함하면 국내서 두 번째다. 그녀는 지난해 양궁 국가대표 감독에서 물러났다. 또 다른 내일을 준비하기 위해서다. 현재 계명대 감독을 맡으면서, 대구양궁협회 전문이사로 새로운 도전을 하고 있다. 그녀가 고산골 새벽 등산을 계속할 수밖에 없는 이유다.

리더들은 누구나 열심히 한다. 문제는 누구를 위해 열심이냐가 중요하다. 여전히 인기를 끌고 있는 리더에 관한 유머다. 리더의 유형을 똑부(똑똑하고 부지런함), 똑게(똑똑하지만 게으름), 멍부(멍청하지만 부지런함), 멍게(멍청하면서도 게으름) 4가지 유형으로 나눈다. 가장 바람직한 리더는 똑게형이다. 똑똑하지만 조금은 게을러 보이는 리더들을 최고로 친다. 모든 것을 손바닥 들여다보듯 알고 있지만 약간 게으름을 보이며, 조직 구성원들이 자발적으로 일을 하게 만드는 리더들이 성과를 낸다는 거다. 최악의 리더는 명부형이다. 멍청한데도 부지런해서 조직의 모든 것을 간섭하고 만기친람하지만, 조직을 엉뚱한 곳으로 끌고 가는 유형의 지도자다. 리더는 빗나간 열심에서 벗어나기 위해 숲에서 시간을 가져야 한다. 숲의 향기와 쾌적함이 몸에 밸 정도로 여유로워야 한다. 그리고 숲의 향기가 조직에 스며들 수 있도록 만드는 리더가 최고다.

지금은 회사 경영에서 은퇴했지만, 대학 선배는 오후 2시면 회사를 나서 숲속을 걷는 CEO였다. 경영과 관계된 결재나 회의 등 중요한 현안은 가능하면 오전에 해결하고 나머지 시간은 숲속으로 들어갔다. 회사의 미래를 위한 큰 그림을 그리기 위해서라고 한다. 선배는 산속을 걸으며 경영상 위기 때 대응 매뉴얼을 구상 하거나, 미래 먹거리가 될 수 있는 새로운 아이템 찾기에 스스로 수없이 질문하고 답을 찾았다고 한다.

숲속 리더의 역량은 지난 2008년 세계 경제가 금융위기로 휘청일 때 발휘됐다. 그의 회사도 금융위기의 영향으로 그해 적자를 냈다. 적자를 낸 주식회사는 구조조정을 한다. 경제계의 불문율이다. 그도 구조조정 해야 한다는 걸 절감했다. 그가 내놓은 구조조정은 오너인 회장과 대표이사인 자신의 연봉을 반납하고 직원 급여 인상이었다. 아무도 생각 않은 구조조정 방안이었다. 직원들은 난리가 났다. 주변 모든 회사가 인력 감축, 연봉 삭감이라는 찬바람으로 뒤숭숭할 때다. 직원 역시 찬바람을 맞을 각오를 했다. 그런데 그들의 구조조정은 따뜻한 훈풍이 불었다.

직원들이 미친 듯이 일했다. 그해 시장점유율을 30% 이상 높였다. 대구의 중소기업에서 전국 시장을 점령한 기업으로 성장하는 계기가 됐다. 이 회사는 그의 은퇴와 함께 뒤안길로 사라졌다. 회사 소유자인 회장이 은퇴한 선배의 뒤를 이을 마땅한 CEO가 없다는 이유로 회사 정리를 선언했고, 직원 역시 그 방안을 받아들였다. 법인의 청산에도 회장과 선배의 퇴직금을 직원들 위로금으로 지급하는 묘수(?)를 발휘했다. 대단한 기업이다. 알짜배기 회사를 능력 있는 CEO의 퇴직을 이유로 청산을 결정하는 대주주와 그것을 그대로 받아들인 직원 모두가 남다르다. 그는 지금도 "리더는 반드시 홀로 생각할 수 있는 시간을 가져야 한다."고 숲속 걷기를 추천하고 있다.

나는 기자 시절 경찰팀 캡틴을 맡은 적 있다. 경찰 캡은 후배 기자들과 함께 사건 현장을 파헤치거나, 사회적 이슈에 함께 취재하고 기사화하는 게 주 임무다. 사회부 기자 6~7명으로 팀을 이룬 우리 경찰 팀은 무슨 일 때문인지는 모르지만, 데스크로부터 호되게 깨진 적 있다. 호되게 깨진 파도는 자연스럽게 후배 기자에게 덮쳤다. 팀의 리더로서 해서는 안 될 말을 후배 1명에게 했다. "내가 왜 당신 때문에 깨져야 하느냐?"고. 운동장 아이로서 성장이 멈춘 30대 초반 얼치기 선배의 폭언이었다. 왜 그런 말을 했는지 원인에 대해서는 전혀 기억나지 않는데, 했던 말은 분명 기억하는 거로 봐서 당시에도 내가 잘못 말하고 있다는 걸 인식한 듯하다.

후배 기자는 여전히 취재 현장에서 왕성한 활동을 하고 있다. 모임을 통해 가끔 얼굴도 보는 사이다. 그때의 폭언을 사과해야 하는데 여태 못 했다. 지금이라면 그런 상황에서 벗어나기 위한 방법을 찾거나, 그 상황을 만든 원인을 찾아 분석하고 대책 마련을 생각할 텐데, 리더의 역량과 리더십을 갖추지 못한 자의 상황 대처를 전형적으로 보여 준 사례다. 미국의 심리학자 다니엘 골먼 교수는 불평주의자를 위해 일하려는 사람은 없다고 했다. 리더가 행복할 때 조직 구성원들은 모든 일을 좀 더 긍정적으로 생각하기 때문에 목표를 성취할 수 있다고 했다. 또한 리더가 긍정적일 때 조직 전체의 창의력과 의사결정의 효율성이 증가하고 구성원들은 조직에 도움이 되기 위해 노력한다는 거다.

기업인 K는 자신의 사업 멘토로부터 편지 1통을 받았다. 내용은 리더는 누구보다 숲속에서 오래 머무르면서 생각 힘을 키워야 조직을 발전시킬 수 있다는 진심 어린 조언의 편지였다. 그런데 그는 숲속보다는 술[酒] 속에 오랜 머문 사람이라고 스스로 비하했다. "멘토의 글씨가 워낙 악필이어서 숲속을 술 속으로 읽었기 때문"이라고 유쾌하게 웃었다. 그는 숲속에서 머물지 않고 술 속에서 머문 게 너무 후회된다고 아쉬워했다.

그럴싸해 보이지만, 나의 상상이 만든 이야기다. 그러나 유감스럽게도 우리의 리더 상당수는 K처럼 술 속 리더 가치에 많은 의미를 부여하는 게 현실이다. 우리 사회 크고 작은 조직에는 많은 리더가 있다. 이 리더들은 자신의 멘토로부터 술 속 리더십 발휘에 대한 조언을 수없이 듣고 실천하려 한다. 나도 그동안 술 속 리더를 수없이 만났고, 나 역시 그게 답인 줄 알고서 좋아하지 않는 술자리를 많이 만들었다. 코로나19 덕분에 술 속 리더들의 설 자리가 엄청 좁아진 게 그나마 다행이다. 아니 이젠 술 속 리더의 설 자리가 없을지도 모른다. 둘째 이모 김다비는 "회식을 올 생각은 말아주라."고 노래했다. 리더들이여! 하루라도 빨리 술 속 리더에서 숲속 리더로 변신하자. 조직과 리더의 성공을 위해서다. 그 길은 숲속으로 들어가는 게 최고의 방법이다.

바보야! 문제는 순서야

'둥근 나무통에 굵고 단단한 자갈과 모래와 물을 가장 많이 담는 방법은?' 이라는 질문은 누구나 한 번은 들어봤을 것이다. 답 역시 간단하다. 면적을 많이 차지하는 자갈을 먼저 가득 채우고, 그 틈새로 모래를 부은 다음에 마지막으로 물을 부으면 된다. 수학적 지식이 없더라도 그냥 상식으로도 충분히 풀 수 있는 문제다. 나무통에 담는 순서를 거꾸로 하면 어떻게 될까? 그건 해 보지 않아도 바로 알 수 있다. 물을 먼저 채우고 그다음 모래를 붓고, 자갈을 넣으면 물은 거의 나무통 밖으로 넘쳐흘러 버릴 것이다. 또 정작 중요한 자갈은 얼마 넣지도 못했는데 나무통은 가득 차 있어 원하는 결과를 얻지 못할 것이다. 삶의 현장에서 만나는 여러 문제를 해결하는 데는 순서가 그 무엇보다 중요하다는 것을 알 수 있는 질문이다.

우리 삶의 현장에서 평생 해야 할 공부 세 가지가 있다고 나의 멘토는 항상 말한다. '마음공부·몸공부·돈공부' 다. 각자 자신의 둥근 나무통 속에 이 세 가지를 적절하게 조화롭게 채워야 인생은 풍요로워진다는 거다. 그러나 우리가 채웠고, 지금도 채우고 있는 둥근 나무통 속에는 세 가지 요소가 제대로 채워져 있는지 의문이다. 즉 삶의 자갈과 모래와 물이 조화를 이루며 채워져 있는가를 스스로에게 질문하면 대답하기가 쉽지 않을 것이다. 특히 대부분 사람은 나름 열심히 몸공부, 돈공부에는 매달린다. 물론 그 접근 방법론에서 효과가 있고 생산적이냐고 묻는다면 아니라고 답하겠지만 그래도 공부하려고 발버둥 치는 것은 분명한 사실이다. 너나없이 모두가 지나칠 정도로 몰두하고 있다고 볼 수 있다.

그러나 마음공부에 대해서는 그런 노력조차 제대로 하지 않는다. 아니다. 하고는 있다. 하고는 있지만 하는 척만 할 뿐이다. 스스로 자유롭게 하고 삶의 주인이 될 수 있는 깊은 마음 공부는 제대로 하지 못하고 있는 듯하다. 일과 삶의 균형을 위해 MZ세대를 중심으로 이른바 워라벨 바람이 거세게 불고 있다. 특히 워라벨을 선도하는 분들은 자기 나름의 가치관과 자신만의 굳은 믿음 속에서 진정 행복한 자유를 추구하고 있으며 그들의 노력은 사회 곳곳에서 새로운 모습으로 자리매김한다. 그러나 워라벨을 추구하는 대부분은 매스미디어에 놀아나는 트렌드 따라잡기에 불과하다고 할 수 있다. 물론 지나친 표현이라 할 수도 있다.

현대 자본주의는 셀럽이나 인플루언서가 성공한 척 흉내 내도록 도와주는 것을 하나의 산업으로 만들어 급성장시키고 있다. 이

산업은 우리에게 워라밸로, 일생의 버킷리스트로 포장해 끊임없이 따라 하기를 강요하고 있으며, 대부분 거기에 휘둘려 뒤쫓기 바쁘다. 그 대표적인 예로 **에서 한 달(1년) 살기·맛집 탐방·차박·One day class·호캉스 등이다. 케이블 TV나 유튜브나 공중파 TV는 물론, 심지어 전통 언론마저 이런 삶을 부추기고 있다. 오죽했으면 언론 스스로 매스미디어에서 멀리 떨어진 삶을 살 것을 주장하겠는가. 절대 선과 절대 악이 없는 시대를 살고 있어 하나의 잣대로 이런 현상을 평가하기 힘든 건 분명하다. 그러나 오늘 여기, 내일은 저기서 화사하게 웃는 모습을 올리고, 거기에 '좋아요'를 남발하는 SNS 친구들의 박수에 일순간 현혹되지만 결국은 무엇이 남는가를 스스로 자문해 봐야 한다. 적어도 자신만의 워라밸을 추구하더라도 가슴에는 단단한 주춧돌 한두 개 정도는 가지고 있어야 한다.

증권사 지점장인 후배의 영업 비결은 자린고비 낚시론이다. 자린고비들은 자신의 몸은 물론 삶까지도 절대 살찌게 놓아두지 않기 때문에 이들만 낚으면 실적은 아무런 문제가 되지 않는다는 게 그의 지론이다. 그는 겉만 번지르르한 고객은 철저히 배제하고 자신의 일상까지 다이어트하며 내실 있는 삶을 추구하는 자린고비들을 찾아 나서 나름 성공한 증권맨이 됐다. 후배는 "숲속을 열심히 걷는 사람들에게도 미끼를 던져야겠다."며 내게도 낚시바늘을 던졌다. 나는 아쉽게도 숲속을 걷고 또 걷는 빈자인 것을 그는 모르는 듯하다.

각자의 삶에서 둥근 나무통 속에 단단한 자갈 먼저 넣는 방법을 이야기하기 위해 너무 많이 돌아온 것 같다. 오스트리아의 철학자 루트비히 비트켄슈타인의 '좋은 철학은 느린 철학'이라는 말을 좋아한다. 사실 인류의 지성사에 큰 디딤돌을 쌓은 철학자들은 느린 걷기를 좋아했다. 아고라를 걸으며 토론한 소크라테스를 비롯해 근대 자연주의 철학을 정립한 장 자크 루소나 평생을 알프스 산을 중심으로 떠돌며 낡은 근대 서구 철학에 쇠망치를 내리친 프리드리히 니체, 자신의 고향인 미국 콩코드 지역을 걸으며 위대한 작품 『월든』을 탄생시킨 데이비드 소로 등은 대표적인 숲속 철학자다. 특히 루소는 "나는 멈춰 있을 때는 생각에 잠기지 못한다. 반드시 몸을 움직여야 머리가 잘 돌아간다." 걷기는 숨 쉬는 것과 같은 것이라고 말했고, 니체 역시 '위대한 모든 생각은 걷기로부터 나온다'고 역설할 만큼 숲속 걷기에 대단한 열정을 보인 인물들이다. 숲속 철학자처럼 드라마틱한 경험을 겪어야 하는 것은 아니다. 그냥 걷는 행위 자체만으로도 몸과 마음이, 영혼이 치유되고 철학이 싹튼다.

고산골 10년 걷기로 나만의 둥근 나무통 속에 작지만 단단한 자갈 1~2개를 겨우 넣었다는 생각이 든다. 느린 철학자를 흉내 내며 한 걸음을 디딘 셈이다. 그것도 숲속 걷기 처음 5년 정도는 그냥 평상시 운동의 대체재로서 집 주변 산을 열심히 걸은 것에 불과했다. 고산골을 통해 비로소 스스로 질문하고 대답하는 걷기를 시작했다. 덕분에 삶에 닥쳐오는 강풍에는 여전히 크게 흔들리고, 멀미를 느끼고 있지만 작은 바람은 그저 스쳐 가는 것으로 여기며 다정하게 손잡고 함께 걸어가는 여유는 가졌다.

숲속 걷기를 통한 자유로움을 좀 더 일찍 알았으면 하는 후회가 많이 남는다. 10년 전 하늘나라로 여행을 떠나신 아버지는 일흔을 넘긴 노령에도 설악산에서 무박 산행을 즐길 정도로 등산을 좋아하셨다. 그 시절 나는 운동장 아이로서 테니스장에서 땀을 뻘뻘 흘릴 때다. 산에 대해서는 전혀 관심도 없었던 탓인지, 고령 아버지의 도전을 무모하고 위험한 모험으로 여기고 틈만 나면 잔소리를 퍼부었다. 산림치유의 무한 가치를 진즉에 알았다면, 아버지와 함께 설악산과 지리산을 누비며 서로의 가슴속에 남겨진 찌꺼기를 걸러내는 치유 시간을 가졌으면 얼마나 좋았을까? 부모를 여의고 나서 후회의 눈물을 흘리는 이 세상 대부분 자식처럼 나 역시 아버지의 눈물과 한숨, 그리고 나의 후회를 눈물과 함께 버무려 채우지 못한 채 이별해야 했다. 나의 둥근 나무통 속에 그것들을 채우고 아버지와 영원한 이별을 했더라면 나의 삶은 훨씬 더 풍성했을 것이다.

아버지와 서로 사랑의 언어를 나누지 못한 탓인지 아이들과는 정서적 유대를 가지려고 많이 노력한다. 우리 가족에게 어린이날은 쑥 캐는 날이다. 2022년 어린이날은 상주 포천계곡 만귀정 주변 지인의 밭에서 쑥을 캤다. 어린이날 쑥 캐는 전통은 아마도 8~9년 전부터 시작됐다. 어린이날 어디로 갈까를 고민하지만, 항상 서로가 불만이다. 그때도 고민 끝에, 가까운 최정산(대구시 달성군 가창면)으로 쑥 캐러 갈 것을 제안했다. 아이들은 해마다 뾰족한 수가 없다는 걸 알았는지 순순히 동의했다. 나물 채취를 좋아하시는 장모님이 앞장서서 쑥 캐기 체험행사를 가졌다. 그날 이후 우리 가족의 연례행사가 됐다. 아이들도 가장 기억에 남는 어린이날 행사로 최정산 쑥 캐기를 꼽을 정도로 재미있어 했다. 적어도 우리 가족의 둥근 나무통 속에 어린이날 쑥 캐기라는 단단한 자갈 하나는 가지고 있다고 자부한다. 이 자갈을 아이들의 아이와도 함께했으면 하는 바람이 있다. 그러면 우리 아이들 가족 가슴 속에는 어린이날 쑥 캐기라는 정서와 가치를 함께 공유하며 시간이 갈수록 더 단단한 주춧돌이 될 것으로 믿는다.

"질 좋은 동시를 만들려면// 큰 항아리에// 글 한 포대 넣고/ 재미 가루 두 줌 넣고/ 정성 열 알을 넣고 젓는다." 초등학교 4학년 백승찬 학생 동시 「질 좋은 동시를 만들려면」이다. 이 동시처럼 큰 항아리 속에 땀 한 움큼과 웃음 한 주먹, 눈물 한 방울, 노력 한 조각과 숲속 걷기, 그리고 질문 하나만이라도 먼저 채우고, 오랜 시간 동안 열심히 젓자. 그러면 건강은 물론 행복도 질 좋은 삶이 만들어진다.

"싹 다 갈아엎어 주세요. 머리부터 발끝까지 모조리 싹 다 … 나비 하나 날지 않던 나의 가슴에 재개발해 주세요"라는 국민 MC 유재석 노래처럼 자신을 단 한 번에 갈아엎는 건 내게는 불가능하다. 큰 항아리에 내 삶의 굵은 자갈 한 포대, 모래 두 줌, 물 열 컵을 넣고서 오랫동안 잘 젓는 정성을 보이는 게 최고다.

운동장 아이와 헤어지는 중입니다

"막내는 할 수 없다." 고교 2학년 시절 집안 사정으로 외삼촌 댁에서 학교 다닐 때 외숙모가 가끔 하신 말씀이다. 어머니가 1980년 초 병원에서 암으로 시한부 선고를 받자, 아버지가 삼 형제 중 막내인 나를 외삼촌 댁에 잠시 맡겼다. 주말이면 집에 왔기 때문에 투병 중인 어머니의 모습을 보았을 텐데 시한부 선고를 받은 줄 전혀 몰랐다. 그만큼 자신밖에 모르는 철부지 막내였던 셈이다. 어머니가 돌아가시기까지 외삼촌 댁에서 두세 달 생활하는 동안에 어린 외사촌 동생들과 제대로 놀아주지 않으면서, 얹혀 사는 주제에 자기 하고픈 것 다 했기 때문에 외숙모님이 자주 이렇게 말씀하신 것 같다. 당시는 '왜 저런 말씀을 하시지' 라고 오히려 의아했다.

대학 시절도 마찬가지였다. 아버지와 형들은 집안 형편이 넉넉하지 않았는데도 어머니 없는 막내가 불쌍해서 그런지 풍족한 생활은 아니었지만 나름대로 많이 챙겨주었다. 특히 용돈이 궁하면 당시 문구점을 하시던 아버지를 대신해 가게를 보겠다고 나서, 필요한 용돈을 금고에서 슬쩍하는 몹쓸 짓도 서슴지 않았다. 아마도 아버지는 막내아들의 만행(?)을 알면서도 불쌍한 자식이라고 여긴 탓인지 한 번도 꾸중하지 않으셨다. 방학이면 당시 대학 동기들은 학비를 벌기 위해 막노동 판에 뛰어드는 일이 많았지만, 나는 아르바이트 한 번 하지 않았다. 방학에는 무전여행을 빌미로 전국을 돌아다니거나, 현지에서 선배들의 도움을 받아 미팅도 하며 호사(?)롭게 보냈다. 다행스럽게도 군 제대 후 복학해서는 일찌감치 취업 목표를 잡고서 도서관과 집을 오가는 생활을 했다.

직장 생활하면서도 근본적으로 달라진 건 없었다. 자기만의 세계-테니스와 친구, 오락, 바둑- 에 빠져 아버지와 형들을 걱정하게 했다. 결혼도 늦었다. 늦어도 30대 초반에 결혼하던 당시로는 완전 노총각 꼬리표를 달고서 결혼을 했다. 이 과정에 아버지의 마음고생은 정말 많았을 것 같다. 겉으로는 멀쩡해 보이는 막내아들이 노총각 신세에서 벗어나지 못한 건 상처한 홀애비 탓으로 주변에서 입방아를 많이 올렸기 때문이다. 아버지의 고민을 한 번쯤 생각해 볼 만했을 텐데 어찌 그리 무심했는지, 정말 후회가 된다. 결혼하고서도 마찬가지였다. 앞서 밝혔듯이 아내가 테니스는 가정 파괴범이라고 말할 정도로 가장으로서, 두 아이의 아빠로서 자세를 전혀 갖추지 못했다.

아직 성장하지 못한 고 2 아이에게 엄마의 부재는 내면에는 커다란 공포였을 것이고, 내적 성장의 걸림돌이 됐다는 것을 산속 건기를 통해 조금씩 알았다. 결혼하고 아이를 낳고 나서도 한참 후에야 내면의 덜 자란 아이의 존재를 깨달았다. 엄하셨던 아버지가 막내아들에게는 비교적 관대한 것도 엄마의 부재를 느끼지 않게 하려고 애쓴 것으로, 이 글을 쓰면서 뒤늦게 느끼고 있다.

지난 시절을 돌이켜 보면 30대와 40대 초반까지는 이처럼 운동장 아이였다. 건강과 스트레스 해소를 위한다는 명분으로 운동장에서 땀만 열심히 흘린 신체 건강한 성인이었지만 내적 성장을 제대로 하지 못했다. 가족이나 직장 동료, 친구 등 주변에는 좀처럼 눈길을 주지 않는 성장을 멈춘 아이였다. 겉모습만 그럴싸한 직장인이며 한 가정의 가장이고, 친구 등 주변인들과 웃고 있었지만 속을 들여다보면 아직 성장하지 못한 아이에 불과했다. 특히 모든 일에 신경질적이고 아등바등해 주위를 힘들게 했다. 운동이나 취미로 즐기는 오락에서도 지나친 승부욕을 불태워 동반자들을 불편하게 했던 일도 부지기수다. 친한 친구들과 골프 치러 가는 길에 "오늘은 제발 공 안 된다고 신경질 내지 마라."는 말도 들었다. 물론 이 기질은 지금도 여전하다. 친구들과 당구를 쳐도 내기를 해야 하고, 승부보다는 친교를 우선하는 교회분들과는 재미없어 족구나 탁구를 하고 싶지 않은 게 솔직한 심정이다.

이렇게 어린아이 같았던 내가 아침 등산을 시작하면서 운동장 아이와 헤어지고 있는 게 스스로 자랑스럽다. 남들은 인정하지 않을지 모르지만 직장에서도, 집에서도 덜 자란 지난 상처와는 조금씩 멀어지고 있다. 이젠 가족을 위해 수시로 음식도 만들고, 저녁

설거지를 거의 도맡아 하고 있다. 집안일에 꼼짝하지도 않던 10년 전과 비교하면 정말 상전벽해다. 결혼 후 거의 장모님께서 집안 살림을 맡아주신 덕분이기도 하지만 아내는 "당신처럼 팔자 편한 가장은 없다."며 집안일에 나 몰라라 하는 나를 수시로 꼬집었다. 물론 아내는 아직도 만족하지 못하고 있다. 여전히 집안일을 두고 지적질을 받는 신세다. 운동장 아이 시절이었으면 이 지적질에 참지 못하고 틀림없이 폭발했을 것이다. "나만큼 하는 사람 어디 있느냐?"고. 그러나 이제는 완전한 숲속 사람은 아니지만, 숲속 인간이 되고자 끊임없이 노력하며 조금씩 성장하기 때문에 "예, 예." 하는 편이다. 물론 아내의 요구가 지나치다고 생각될 때는 자기방어기제가 작동해 용수철처럼 튀어 오르지만 그때뿐이다.

변화는 단순한 것에서 시작됐다. 고산골을 매일 오르면서 운동장 아이에서 벗어나기 위해 끊임없이 질문한 덕분이다. 만약 어제 직장에서나 혹은 아내, 아니면 두 딸과 갈등을 빚었다면 다음 날 고산골을 걸으면서 반드시 복기했다. 바둑 선수처럼 왜 그런 결과를 가져왔는지에 대해 자문자답했다. 복기 습관은 그리 많은 시간이 필요하지 않다. 고산골 주차장에서 출발해 10여 분만이라도 어제와 같은 상황을 두고 몇 번 스스로 질문과 해답을 찾으면 간단하다. 잘못된 수를 두었으면 다음에 두지 않으려 노력하면 되고, 바람직한 수였는데 나쁜 결과였다면 나의 문제이기보다는 상대의 문제일 수 있기에 좀 더 고민된다. 상대의 문제를 나에게서 찾아서는 답이 없지만, 그렇다고 다음에도 똑같은 수를 두면 결과가 너무나 뻔하기 때문이다. 이럴 때는 우회할 수 있는 수를 찾아야 한다.

　일상의 복기를 통해 자신이 생각한 스스로 질문하고 답을 찾으려는 노력은 결국 내적 성장이 멈췄던 자아를 다시 꿈틀거리게 했다. 가족과 동료들과 주변 친구들과 갈등적 요소를 걷어 내면서도, 자기중심은 잃지 않은 것 같다. 주변의 쓴소리를 귀에 담아 두지만, 그게 내 옷이 아니라고 판단될 때는 손사래를 칠 정도는 된 것 같다. 요즘은 가능하면 고산골에서는 현재의 모습에 집중하려고 한다. 특별히 고민해야 할 문제가 없으면 생각 덜기를 위해 새소리, 물소리에 집중하거나 나무, 꽃 찾기에 집중한다. 아무런 생각 없이 걷는다는 건 명상 등으로 단련된 고수들이나 할 수 있다. 무념무상은 우리 같은 범인들에게 불가능한 능력이다.

　"행복한 가정들은 모두 비슷비슷하지만, 불행한 가정은 모두 제각각의 이유로 불행하다." 톨스토이가 『안나 카레니나』에서 한 말이다. 그러나 미국 최대 간편결제 회사인 페이팔PayPal의 창업자 피터 틸은 비즈니스 세계는 반대라고 말한다. "행복한 기업들은 서로 다른 모습이다. 다들 독특한 문제를 해결해 독점을 구축했기 때문이다. 반면에 실패한 기업들은 한결같다. 경쟁에서 벗어나지 못했기 때문"이라고 자신의 책 『Zero to One』에서 주장한다. 행복한 가정과 잘나가는 기업은 다른 모습처럼 보이지만 본질은 같다. 그 속에는 매일 조금씩 성장하는 사람들이 조화롭게 가정과 기업을 만들어나가기 때문이다.

　내면의 성장은 어렵다. 숲속을 골백번 걸어도 성장은커녕 날마다 뒷걸음치는 이들도 많다. 고산골 아침에 한때 골치 아픈 싸움닭 두 명이 있었다. 이들은 수많은 고산골 사람과 불협화음을 연출했고, 다툼이 마음에 들지 않을 때는 난동에 가까운 소동을 일으켜 경찰이 출동하기도 한 사고뭉치였다. 고산골 싸움닭들은 결국 두 사람끼리 충돌하고서, 어느 날 모두 자취를 감췄다. 고산골 사람 모두가 내심 만세를 불렀다. 그들 때문에 고산골 많은 이들이 속앓이를 했다. 두 사람의 고산골 경력은 나보다 훨씬 많았지만, 숲속에서 오랜 시간을 보낸다고 해서 언제나 긍정의 결과를 가져오는 건 아님을 보여주었다. 조금씩 자신의 깜냥에 맞게 자신만의 길을 만들어가는 과정이 없으면 숲속도 성장을 멈추거나 오히려 뒷걸음을 칠 수 있다. 시간이 우리 삶을 풍성하게 하는 비법이지만, 거기에는 전제가 있다. 제대로 된 길을 줄기차게 걸어갈 때다.

비명·별멍의 성지 고산골

고산골을 다닌 지 얼마 되지 않았을 때다. 고산골 약수터 어르신들에게 "고산골이 아쉬운 게 딱 하나 있습니다. 등산로가 숲길이 아니고 시멘트 포장길인 게 너무 아쉽네요." 했더니, 뭘 모르는 소리 말라는 투로 조금만 더 다니면 그게 얼마나 좋은지 알게 된다고 했다. 과연 그랬다. 고산골이 좋은 건 비가 오나 눈이 오나 언제든지 다닐 수 있다는 거다. 아니 비 오는 날은 고산골만큼 멋지고 안전하게 등산할 수 있는 곳은 없다. 등산로 자체가 시멘트 포장길이기 때문이다. 어떤 상황이 닥치더라도 약수터까지는 아무런 걱정 없이 갈 수 있다.

여름 폭우가 쏟아져 빗물이 콸콸 넘칠 때 고산골을 걸었던 그날을 잊을 수 없다. 마치 모두가 자연의 위력 앞에 꼼짝 못 하고 방 안에 숨어 있을 때, 고산골의 몇몇 사람들만 자유로움을 만끽하고 있는 기분이었다. 빗물이 등산로를 넘쳐도 전혀 걱정할 필요 없다.

단지 등산화로 빗물이 들어올 수 있어 장화를 신는 게 좋다. 비 와서 좋고, 맑아서 좋고, 눈이 와서 좋고, 흐려도 좋다는 드라마 도깨비의 주인공 말처럼 고산골의 모든 날은 좋지만, 폭우가 쏟아지는 날은 더욱 좋다. 빗소리와 계속의 물소리, 새소리가 골골마다 넘쳐나고, 고산골에서 아침을 여는 사람들의 발자국과 가파른 길을 오르는 숨찬 소리마저 조화롭다.

고산골 약수터 사람들은 비 오는 날에는 특별한 약속을 하지 않더라도 웬만하면 약수터 쉼터에 앉아 있다. 앞서 얘기한 것처럼 동인동 스틱 부부가 맛있는 커피와 과자를 준비해 오기 때문이다. 이들 부부는 지난 10년 동안 비 오는 날 아침이면 무조건 커피와 과자를 준비해 약수터 쉼터로 온다. 비 내리는 장면을 보면서, 빗소리를 들으며 고산골 사람들과 차 한 잔과 맛난 과자 하나로 힐링하기 위해서다. 부부는 당나라 이백이 「산중문답」에서 노래한 '별유천지비인간別有天地非人間'을 느낄 수 있는 순간이라고 말한다.

고산골은 우중산행을 즐기는 덕후들의 성지다. 중소기업을 운영하는 K는 비 오는 날이면 무조건 고산골을 올라가 약수터 쉼터에 오랫동안 앉아 있다. 캠핑 덕후들이 하염없이 장작불을 바라보며 힐링하는 불멍이나, 바다나 호수 등 물가에서 물을 바라보며 멍때리는 물멍처럼 비 오는 것을 한없이 바라보는 이른바 비멍을 즐기기 위해서다. 불멍과 물멍은 코로나에 따른 비대면에 지친 사람들이 즐긴 자기만의 휴식 방법이지만, K의 비멍은 아주 오랜 습관이다.

그는 10여 년 전 앞산을 등산하다가 갑자기 만난 소나기를 피해, 쉼터에 오랫동안 앉아 있다가 비멍 매력에 푹 빠졌다. 그는 그 순간이 너무 좋았다. 쉼터 천장은 물론 바닥에 하염없이 떨어지는 빗소리가 귓가를 간질이었다. 당시 회사 문제 등 골치 아픈 일들이 생각나지 않을 정도로 빗소리에 푹 빠져 있었다. 비가 쏟아지는데도 새들은 즐거운지 이 나무 저 나무를 옮겨 다니며 지저귀었다. K는 그날 이후 비멍을 제대로 즐겼다. 사무실에서 근무를 하다가도 비가 내리면 모든 걸 제쳐 두고 고산골로 향했다. 그는 비멍을 무조건 혼자 즐긴다. 쉼터에 먼저 자리 잡은 사람이 있거나, 비멍을 즐기고 있는데 다른 등산객이 오면 자리를 피한다. 비멍의 매력은 오롯이 홀로 즐기는 게 최고이기 때문이란다.

나도 비를 무척 좋아한다. 고산골 어르신들은 고개를 갸웃할 수 있지만, 정말 좋다. 다만 나이 탓인지 머릿결이 빠지고 얇아지면서 우산이나 비옷을 준비하지 않고 등산하다가 비를 조금이라도 만나면 무조건 하산한다. 탈모를 걱정해서다. 등산 가방에는 1년 365일 비옷이 준비돼 있다. 고산골 아침 등산에는 등산 가방을 메고 가지 않기 때문에, 비가 조금이라도 내리면 서둘러 내뺀다. 고산골 어른들은 이런 모습을 본 탓인지, 비 오는 날 우산 쓰고 등산하면 무척 신기해한다. "비 오는데 웬일로 산에 왔느냐?" 한결같이 묻는다.

어린 시절부터 비를 좋아했다. 중학교 3학년, 아마도 4월의 마지막 토요일이었을 것 같다. 대구는 4월인데도 장대비가 내렸다.

대구 중앙중학교 3학년 4반 친구들은 누가 먼저랄 것 없이 수업을 마치고 운동장으로 나가 장대비 속에 축구를 신나게 즐겼다. 다음 주부터 여름 교복을 입기 때문에 동복이 흙탕물이 되든 말든 상관하지 않았다. 모두 흙탕물을 뒤집어써 꼴이 말이 아니었다.

귀가하기 위해 시내버스 정류장으로 갔을 때 어른들은 피하거나 혀를 찰 정도로 모두 꼴불견이었다. 당시 시내버스 안내양 누나는 "얘들아! 그 꼴로 버스 타려고 하니? 절대 못 탄다."며 승차를 거부했다. 넉살 좋은 친구가 협상에 나서 해결했다. 좌석에 앉지 않고 서서 가기로 하고 겨우 버스를 타고 귀가할 수 있었다. 물론 집에서는 어머니의 등짝 스매싱을 피할 수 없었다. 기억력이 좋지 않아 어린 시절 추억은 그다지 많지 않지만, 이 기억만은 선명하게 남아 있다.

비 오는 아침 고산골 약수터에 앉아서 하염없이 빗줄기를 바라보고 있으면 그지없이 편안하다. 밤새 가슴을 짓누르던 걱정거리도 사라지고, 사람과의 갈등도 빗물에 그대로 씻겨 내려간다. '비는 비끼리 만나야 서로 젖는다' 는 마종기 시인의 시구처럼 삶의 아픔과 슬픔이 빗물에 부대끼며 묽어져, 어느 순간 아픔도 슬픔 거리도 되지 못하는 그저 그런 일상으로 변해버린다. 비가 내리고 안개마저 자욱하게 낀 날이면 더 좋다. 이런 날은 삶의 아픔과 슬픔보다는 마음 속을 간지를 뭔가가 이뤄질 것 같다. 지루한 일상을 씻어줄 재미난 이야기가 숲속에서 튀어나올 것만 같다.

비 오는 고산골을 좋아하지만, 비멍을 제대로 즐겨 보질 못했다. 우선 출근 시간 때문이다. 아침에 잠시 비멍을 즐길 수는 있지만, 오랜 시간 비와 멍을 때리지는 못했다. 까까머리 중학생 시절처럼 모든 걸 잊고서 비와 하나 되어 물아일체를 경험하고 싶지만, 항상 현실의 벽에 막힌다. 다음 여름에는 약수터 쉼터에서 제대로 비멍을 즐겨야겠다.

　가을날 고산골 아침은 새로운 재미를 던져준다. 하늘을 향해 고개를 치켜들고서 별을 바라보며 등산하는 별멍을 즐길 수 있기 때문이다. 늦가을 고산골 아침은 어둠이 짙다. 고산골 사람들은 당연히 가로등에 의지한 채 대부분 고개를 숙이고서 등산한다. 주위를 둘러봐도 가로등 불빛 사이로 조금 보이는 건 나무뿐이기 때문이다.

　이렇게 걷다가 하늘을 쳐다보면 깜짝 놀란다. 고산골 하늘에 북두칠성이 선명하게 자리 잡고 있고, 나머지 별들도 제법 보인다. 지리산 성삼재 능선에서 본 은하수와는 비교할 수 없지만, 별멍을 하면서 걷기에는 그리 부족하지 않다. 가을바람에 흔들리는 나뭇잎 사이로 나타났다가 사라짐을 반복하는 별을 쫓으며 숲속을 걷는 재미는 제법 쏠쏠하다. 이럴 때는 고산골 등산로에 가로등이 없다면 별멍을 더 즐길 수 있는데 하는 생각이 든다. 특히 달이 휘영청 밝은 날에는 가로등을 끄고픈 생각이 간절하다. 달빛 속에서 별들과 이런저런 얘기 나누며 숲속을 걷는다면 또 다른 고산골의 이야기가 만들어질 게 틀림없다. 고산골 사람들의 숨은 이야기를 달빛 비쳐 끄집어낸다면 더 풍성하고 내밀한 스토리도 만들어질지 모른다. 그러나 이 문제는 그리 간단하지 않다. 앞산공원관리사무소에 몇 차례 전화도 했지만, 절대 안 된다는 메아리만 울렸다. 어르신들은 등산로가 조금만 어두워도 안전사고 위험에 노출되기 때문이란다.

이런 무한 매력을 지닌 고산골의 주인은 고산골 사람들이라고 하면 지나칠까? 대구에서 최고급 아파트에 사는 K는 아파트 계단 걷기나 도심 거리 걷기 등 일상 속에서 걷기를 실천하는 사람이다. 그에게 아파트 계단 걷기, 도심 거리 걷기보다 숲속 걷기를 몇 번이나 권했다. 그는 집에서 숲이 멀다는 이유로 완곡하게 거절했다. K의 집은 우리 집에서 2~3분이면 갈 수 있다. 고산골은 우리 집에서 승용차로 불과 5분이면 충분하다. 그의 집에서 고산골은 승용차로 10분 이내에 갈 수 있다. 그의 집에서 범어공원 숲은 걸어서도 10분 정도면 갈 수 있다. 그는 경제적으로 부자인 게 틀림없지만, 비명과 별명을 즐길 수 있는 엄청난 숲 고산골을 소유(?)한 나보다는 오히려 가난한 게 아닐까 하는 생각이 자꾸만 든다.

미국에서 부자의 기준은 '남편의 연봉이 형부보다 100달러 더 높은 거'라고 한다. 그런 의미에서 대구 최고 고급 아파트에 사는 K보다는 내가 더 부자라고 생각하면 지나친 걸까? 나폴레옹은 "오늘 나의 불행은 내가 잘못 보낸 시간의 보복이다."라고 했다. 고산골 사람들이 매일 아침 두 시간의 호사를 누리며 하루를 시작하는 건 지난 시간의 선물이다. 물론 고산골 사람들도 지난 시간의 선물에만 만족한다면 결국 나폴레옹의 말처럼 내가 잘못 보낸 시간의 보복을 경험할 수밖에 없다. 고산골 사람들은 그래서 오늘도 숲속을 걸으며 시간과 친분 쌓기를 게을리 하지 않고 있는지 모른다.

가을

작은 행복의 위대한 여정

가을은 모두에게 너그러운 계절이다. 고산골의 가을 아침은 완벽한 교향악단이다. 비발디의 사계 가을 악장을 연주하는 세계 최고 교향악단의 하모니보다도 조화롭다. 새소리, 바람 소리와 계곡 물소리와 가을 나뭇잎 소리가 어울려 최고의 화음을 낸다. 그것도 카리스마 넘치는 마에스트로의 지휘 없이, 스스로 알아서 악기를 연주하고 있는데도 그렇다. 고산골 사람들은 이 음악을 들을 줄 아는 최고의 클래식 애호가들이다.

숲에서도 공짜점심은 없다

공짜점심은 없다. 경제학의 진리다. 세상 모든 진리는 변한다는 게 진리라고 말할 만큼 진리 부재의 시대이지만 공짜점심은 없다 만은 절대 변하지 않는 진리라고 믿는다. 우리 일상에는 얼핏 보면 공짜점심 같은 일들이 많아 보인다. 공짜점심처럼 보여도 그 속에 숨어 있는 기회비용을 반드시 지불할 수밖에 없다. 우리 사회의 아빠 찬스나 내로남불 논란의 주인공들이 공짜점심인 줄 알고서 넙죽넙죽 받은 밥상 때문에 결국 감당하기 힘든 값비싼 대가를 치르는 게 대표적인 사례. "두껍아, 두껍아, 새집 줄게, 헌 집 다오." 아이들의 전래 동요도 결코 공짜는 안 된다는 우리 내면의 소리를 나타낸 게 아닐까.

숲에서도 마찬가지다. "이렇게 좋은 숲을 왜 사람들은 오지 않는지 모르겠다. 누가 돈을 달라는 것도 아니고, 이 모든 걸 공짜로 주는데 왜?" 고산골 사람들에게서 가장 많이 듣는 얘기다. 고산골 사람들은 자신들은 마치 공짜점심을 먹고 있다는 듯이 말한다. 그러나 숲에서도 결코 공짜점심이 아니다. 고산골 사람들의 말처럼 숲은 대가를 요구하지 않는 것처럼 보인다. 그러나 숲은 숲속을 걷지 않는 사람들에게는 아예 점심을 주지 않는다. 숲도 우리에게 주는 점심의 대가로 냉정하게 계산할 것을 요구한다. 숲속을 걸은 만큼, 숲속에 머문 만큼을 계산해서 돌려준다. 고산골 관리사무소 앞에 머문 사람과, 법장사까지 간 사람, 약수터를 거쳐서 정상까지 올라간 사람들에게 주는 선물은 각각 다르다. 고산골 관리사무소 앞에는 내공 1을 얻는다면 법장사에서 1.5를, 약수터는 3 이상의 내공을 획득하는 온라인 게임의 법칙이 그대로 적용된다.

물론 관리사무소 앞에서도 약수터까지 걷는 것과 같은 3 이상의 내공을 얻을 수도 있다. 그 효과를 얻기 위해서는 아주 확실한 게임 아이템을 별도로 구입해야 한다. 숲속 게임 아이템의 최고는 당연히 시각이다. 숲속 친구들과 아이 콘택트eye contact만 제대로 한다면 숲은 자신이 가진 거의 모든 것을 우리에게 선물한다. 그다음 귀와 코만 열어도 숲이 만드는 모든 축복을 고스란히 몸으로 느낄 수 있다. 뇌과학자 셰인 오마라는 『걷기의 세계』에서 "선진국에서 하부 요통이 가장 흔한 질환인데도 걸어 다니는 치유법이 실천되지 않는 건 얼마나 어리석은 일인가? 장시간 움직이지 않는 자세는 근육 변화를 초래한다. 이는 근육량 감소뿐만 아니라 혈압과 기초대사율에도 변화가 일어난다."며 걷기의 중요성을 강조한다.

숲속에서 달라지는 사람들을 보는 것도 고산골 아침의 즐거움 가운데 하나다. 굳은 얼굴로 오로지 앞만 보며 걷기에 집중하던 이들도 시간이 지남에 따라 한결같이 여유로워지고, 숲을 즐기는 모습을 볼 수 있다. 고산골 하산길에 매일 마주치는 60대 중반 여성은 6개월 전과는 완전히 달라 하루하루 놀라게 한다. 6개월 전쯤 고산골에 나타난 그녀는 여전사의 모습이었다. 녹음된 성경책을 2배속으로 들으며 오로지 말씀과 걷기에 집중한 그녀였다. 타인의 아침 시간 방해 여부는 상관없이 오로지 자신의 기분에만 집중하는 모습이었다. 그러던 그녀가 어느 날부터 2배속 성경 듣기를 하지 않고 고산골을 오르기 시작했다. 그녀의 요즘 표정은 한결 여유롭고, 숲속 걷기를 즐기는 게 눈에 보일 정도다. 묻지는 않아도 알 수 있다. 그녀는 마주 오는 사람들에게 먼저 "안녕하세요?"라고 인사할 정도로 달라졌다.

순자는 「권학」에서 '흙을 쌓아 산을 이루면 바람과 비가 일어난다(積土成山 風雨興焉)'고 했다. 흙을 쌓아 산을 만드는 수고만 하면 바람과 비는 자연스럽게 따라온다는 말이다. 바람과 비를 만들려는 노력 대신에 그 환경을 만들어 주면 된다. 숲도 마찬가지다. 숲에서도 공짜점심은 결코 없다. 대신 숲속에 놀고 거닐면, 건강과 치유는 자연스럽게 따라온다. 고산골 약수터를 한 번 올라온 친구 H가 한 말이 잊히지 않는다. 숨을 헐떡이며 올라온 그는 "이곳을 매일 다니는 사람은 일백 살까지 장수하지 못하면 말도 안 된다."고 흥분했다. 약수터까지 걷기가 힘든 만큼 장수를 보상으로 받아야 한다는 의미다. 그의 착각이다. 고산골 사람들은 그냥 매일 숲을 걷는 사람들이다. 그것에 대한 건강과 치유는 걷기의 보너스이지, 그 자체일 수 없다. 흙을 높게 쌓기만 하면 바람과 비는 자연스럽게 따라오는 것과 같다.

숲속에서 공짜점심은 없지만, 숲이 주는 보너스는 무궁무진하다. 눈과 귀만 활짝 열고 걷기만 하면 숲의 푸르름과 하루하루 다르게 연출하는 숲의 얼굴을 볼 수 있고, 새소리와 계곡 물소리, 바람 소리 같은 우리 귀를 편안하게 만들어 주는 백색소음을 마음껏 즐길 수 있다. 코끝만 조금 움직여도 숲의 향기를 가슴 속 깊이 들이마실 수 있으며, 손으로 가볍게 만지기만 해도 참나무 육 형제의 각기 다른 피부결을 체험할 수 있다. 물론 우리의 면역력을 높여 주는 피톤치드나 NK세포 활성화 보너스 제공은 물론 창의성을 자극하는 음이온도 마구 제공한다. 숲은 우리의 오감 하나하나를 끊임없이 간질이며 자극한다. 시인이자 수필가인 정채봉은 가장 아름다운 만남을 손수건 같은 만남이라고 했다. 힘이 들 때는 땀을 닦아주고, 슬플 때는 눈물을 닦아주는 손수건 같은 만남이 최고라는 거다. 반대로 잘못된 만남은 만날수록 비린내가 묻어나는 생선 같은 만남이라고 노래했다. 숲과 만남은 시인의 노래처럼 손수건 같은 만남이다. 우리가 기쁘거나 슬프거나 상관하지 않는다. 우리를 어루만져 주기 위해 항상 온갖 손수건을 준비하고 있다. 우리는 그저 자신의 상태에 걸맞게 숲과 이야기하고서 그 손길에 몸만 맡기면 된다.

식품업체를 운영하는 S는 친구의 강권에 못 이겨 초례봉 정상에 올랐다. 그는 이날을 처음이자 마지막 등산이라고 SNS에 글을 올렸다. 산행이 힘들었는지 "산은 멀리서 바라보는 것"이라는 걸 다시 느꼈다며 산과의 거리두기를 선언했다. S는 자신의 선언과 달리 주말이면 가끔 친구들과 어울려 산을 다니는 것을 SNS을 통해 쉽게 확인할 수 있다. 대구 동구 혁신도시 인근의 초례봉은 시민들이 많이 찾는 도심 속 숲으로 해발 637m의 산이지만, 주변이 확 트여 대구 동구는 물론 경산시까지 한눈에 들어오는 조망 맛집이다. 그는 초례봉 등산에서 자신에 맞는 손수건 하나를 선물 받은 게 분명하다. 그러지 않고서는 처음이자 마지막 등산이라고 스스로 선언하고서, 약속을 어기면서까지 등산을 계속할 리가 없다. 머지않아 그도 틀림없이 숲속 사람이 될 것이다. 대구시 국장 출신인 퇴직 공무원 P도 숲속 사람으로 변신을 꾀하고 있다. 그는 퇴직 후 건강을 위해 마라톤 동호회에 가입하는 등 달리기 매니아였지만, 최근 개최된 단축마라톤대회를 완주하고서 졸업을 선언했다. "마라톤이 많은 기쁨과 즐거움을 줬지만, 이젠 숲속 걷기를 통해 건강관리를 할 계획이다." 대구 올레길을 순회할 계획이라고 밝혔다.

봉사 활동에 중독된 사람들은 아무리 바빠도 그것을 포기하지 못한다고 한다. 봉사를 통해 얻는 에너지가 엄청나기 때문이다. 숲속 걷기도 그런 것 같다. 일상이 힘들고 지쳐있어도, 기운 내 숲속 걷기를 하면 에너지를 그대로 얻는 게 느껴진다. 주중에는 직장에서, 주말에는 산행 가이드로 두 가지 일을 하는 L과 산행을 몇 번 했다. 주말에 쉬지 않고 일하는 게 힘이 들지 않느냐 묻자, 그녀는 단호하게 고개를 흔들었다. 주말에 산속에서 걷기를 통해 얻는 에너지 덕분에 1주일을 버티고 생활한다는 거다. 숲속 사람들은 삶의 에너지를 공짜 점심 대신에 숲속에 머물며 걷고 또 걷는 데서 무제한 얻고 있다. 끊임없이 숲을 찬양하고 노래하는 이에게 숲은 무한한 선물을 준다. 우리가 읽은 책을 살펴보면 언젠가는 중요했을 테지만 왜 밑줄을 그었는지 알 수 없는, 유효 기간이 지난 문장들이 많다. 밑줄 그은 그 순간이 떠올려지지 않지만, 결코 의미 없는 밑줄이 아니다. 숲의 가치 역시 그런 것 같다. 숲도 그 순간이다. 숲속에 있는 사람이 에너지를 느끼는 그 순간에는 무한 찬양하지만, 되돌아보면 '왜'라는 의문을 제기한다. 그 순간을 또 느끼기 위해서는 다시 그곳으로 가서 나의 오감을 열어야만 한다. 고산골 사람들이 매일 그곳을 찾는 이유이기도 하다.

삶의 바가지 가끔 덮어쓰자

한겨울 대둔산 눈 산행을 교수인 후배와 함께 갔다. 엄청 추운 날이었다. 평상시에도 추위를 많이 타기 때문에 정말 힘든 산행을 하고 있는데, 정상 바로 밑 포장마차에서 컵라면을 5천 원에 팔고 있었다. 10여 년 전의 물가로는 상당히 비쌌지만, 누가 먼저랄 것도 없이 묻지도 따지지도 않고 주문했다. 너무 추운 몸을 뜨거운 라면 국물로 잠시라도 녹이기 위해서다. 컵라면 국물로 몸을 잠시 녹인 우리는 정상을 찍고 하산하기 시작했다. 하산 코스로 200m 채 내려가지 않았는데, 컵라면 3천 원이라고 적힌 간이 쉼터를 만났다. 순간 무릎을 탁하고 쳤다. 조금만 참았으면 2천 원을 아낄 수 있었는데 하는 생각이 들었다. 그러나 지금 다시 그 상황으로 돌아간다면 역시 정상 밑 포장마차의 5천 원 컵라면을 망설이지 않고 선택할 것 같다. 정상을 찍기 전 추위에 지친 몸과 배고픔, 대둔산의 엄청난 칼바람을 생각한다면 무조건 따끈한 컵라면에 대한 요구가 간절했다.

우리 삶에서도 가끔 바가지를 쓰는 게 결코 손해는 아니라는 걸 자주 느낀다. 전혀 할 필요도 없고, 대부분은 티끌만큼 고민조차 하지 않는 문제를 두고 과감히 도전하며 삶의 바가지를 즐겁게 온몸으로 덮어쓴다. 그 보상으로 행복을 맛보는 이들이 생각보다는 엄청 많다.

우리나라 아마추어 마라토너 가운데 상위 10위권 기록 보유자와 함께 우연히 달리게 됐다. 연수를 간 경주 보문단지에서다. 그는 달리는 내내 마라톤 예찬론을 끝없이 펼쳤다. "골인 지점을 통과한 마라토너의 기분은 지쳤으나 그 순간 행복해 엔도르핀이 마구 쏟는다."며 마라톤을 찬양했다. 그러면서 산도 그런 것 같다고 덧붙였다. 그는 설악산 대청봉을 올랐을 때 마라톤 골인지점을 통과하는 것과 같은 기분을 느꼈다고 강조했다. 스스로를 극한의 상태로 몰아넣고 이를 극복하는 과정은 힘들지만, 행복한 일이고 온몸에 엔도르핀이 넘치게 한다는 설명이다.

울트라 마라톤을 즐기는 친구도 마찬가지 얘기를 한다. 이 친구는 평상시에는 매일 10km 이상 마라톤을 즐기고, 1년에 한 번 울트라 마라톤에 도전한다. 50km 도전은 해마다 했고, 100km 마라톤 도전도 했다. 주위에서 너무 무모하다고 말렸지만, 전혀 개의치 않았다. 그는 "울트라 마라톤이야말로 진정 인간 승리의 극치다. 한계치에 다다랐을 때 의식마저 몽롱한 상태서 달리기를 멈추지 않으면 어느덧 다시 주변 경관이 눈에 들어오고 다시 힘이 솟아나는 게 너무 짜릿하다. 마라톤 중간중간에 먹는 음식과 과일은 그 어떤 맛난 것과도 비교할 수 없다."고 했다. 극단적인 고통의 시점인 사점(dead point)을 레이스 도중 수없이 느끼지만, 매 순간 그 지점을 넘어서면 몸속에서 새로운 에너지가 솟아나기 때문에 계속 뛸 수 있다는 거다.

나도 가끔 숲속에서 과속스캔들을 일으킨다. 고산골이 아닌 다른 산을 갈 때는 평균 4~5시간을 걷거나, 조금 무리하면 6~7시간 걷기는 수시로 한다. 4~5시간의 등산은 이력이 난 탓인지 그리 힘들이지 않고 걸을 수 있지만, 6~7시간 등산은 산의 높이에 따라 다르지만 사점을 한두 번 겪을 정도로 힘에 부치기도 한다. 대학 친구와 설악산 무박 등산 가서 14시간을 걸은 적 있다. 이날은 한계상황을 몇 번이나 경험했고, 중간에 등산 스틱을 떨어뜨렸을 때는 줍기 힘들 정도로 기진맥진했다. 오색에서 출발해 설악동에 이르는 이 코스는 평균 10시간 정도 소요되지만, 우리는 하산길을 잃어버려 엉뚱한 곳을 헤매다가 빚어진 산행이었다. 귀가해 잠을 자다가 신비한 경험을 했다. 몸 스스로 이러다가는 죽을 수 있겠다고 느낀 탓인지, 세포 하나하나를 깨워 에너지를 솟아나게 했다. 꿈이나 무의식 속에 벌어진 일이 결코 아니고, 뚜렷하게 의식하고 있는 가운데 일어난 현상이었다. 나의 몸 스스로가 살기 위해 발버둥 치는 것 같았다. 의학이나 과학으로는 도저히 설명할 수 없는 경험이었다.

나는 이후론 1년에 서너 번 10시간 이상 산행에 매달리는 산속

과속스캔들을 일으킨다. 지난해 연말에는 부산 금정산~백양산 종주를 했다. 11시간을 산행한 힘든 과정이었지만, 역시 온몸의 세포가 살아나는 걸 체험했다. 류수정 여자양궁 전 국가대표 감독도 나의 이런 체험에 동의했다. 그녀도 가끔 자신에게 과하다고 느낄 정도로 등산을 한다고 했다. 그녀 역시 몸 스스로 에너지를 확 솟아나게 하는 것 같다고 했다. 과유불급과 불광불급의 사이에서 줄타기로 볼 수 있을 것 같다. 몸과 정신을 한계상황에 몰아넣어도 행복하고 즐거운 결과를 얻을 수 있다. 인생은 때로는 줄타기를 해야 한다. 극한 상태에 이르는 산행은 온몸을 탈진시키기도 하지만, 산행을 끝내고 집에 돌아와 누웠을 때 온몸에서 새로운 에너지가 솟아나는 게 너무 좋기 때문이다.

한때 우리 가정 주방마다 인덕션 설치 붐이 일었다. 흡연을 않는 여성들의 폐암이 증가하는 원인으로 가정 주방에서 사용하는 가스레인지가 지목됐기 때문이다. 가스레인지를 사용하면 천연가스 연소 과정에 이산화질소와 일산화탄소, 포름알데히드 등에 노출돼 건강에 악영향을 미친다는 거다. 이 기사를 접한 우리 집도 당연히 인덕션으로 교체하는 등 많은 가정에서 탈脫 가스레인지 바람이 불었다. 그러나 한의학계는 여성들의 폐암 증가 원인으로 가정에서 조리과정에 발암물질 흡입도 있지만, 우리 여성들의 운동 습관도 중요한 원인으로 보고 있다. 우리 여성들, 특히 주부들은 격렬한 운동을 하지 않는 운동 습관이 폐질환 증가 원인으로 크다는 거다. 가끔은 등산이나 달리기 등을 통해 숨을 가쁘게 몰아쉴 정도의 운동을 통해 폐 속의 노폐물을 배출하는 게 무엇보다 중요한데 일부 여성이 땀 흘리지 않는 운동이나 걷기를 선호하고 있는게 문제라는 거다. 폐암 환자들 가운데는 숲속 걷기를 통해 산소를 충분히 공급하고 폐활량을 늘리는 방법으로 면역력을 강화하고 있다. 숲속 과속스캔들은 폐 건강을 위해 반드시 필요한 과정이라고 할 수 있다. 인체의 지나친 움직임 지속화는 건강을 해치기도 하지만 몸에 맞는 적당한 움직임과 일시적 지나친 움직임은 신체의 기능을 높여 준다.

삶의 현장에서 타이밍은 정말 중요하다. 잘못 맞춘 타이밍은 역효과를 내 아니 함만 못하다. 나는 타이밍을 맞추지 못해서 아내에게 자주 혼나는 남편이다. 특히 관계의 윤활유를 치기 위해 던지는 농담이, 아내와는 전혀 맞질 않는 것 같다. 한마디로 타이밍을 전혀 맞추지 못한 유머를 던진다는 거다. 타이밍을 맞추는 게 그만큼 어렵고 힘들다. 이렇게 힘들고 어려운 타이밍을 정확하게 맞추려고 노력하는 이들이 의외로 많다. 삶이, 시간이 내 마음대로 되지 않는다는 걸 안다면 타이밍을 맞추려는 노력은 무의미할 수 있다. 고산골 산신령의 타이밍 맞추기를 따라 할 필요가 있다. 산신령께서는 오늘의 고산골 걷기를 건강한 내일을 위해 걷는 게 아니라, 10년 후 건강을 위한 저축으로 생각하고 걷는다. 하루 이틀의 타이밍 맞추는 건 불가능하지만, 10년 여유를 두고서 타이밍을 고려한다면 충분히 맞출 수 있다는 거다. 인디언 기우제만큼 타이밍을 확실히 맞출 수 있는 것이다. 비가 올 때까지 기우제를 지내는 인디언 기우제는 100%의 확률을 자랑한다. 산신령님처럼 하면 타이밍 100% 맞추기는 그리 어렵지 않을 것 같다. 산에서 바가지를 쓰듯 일상에서도 때론 바가지를 꽉꽉 덮어 쓰자.

혼자여도 그냥 좋다

모임에서 인생 최고의 밥상 얘기를 나눈 적 있다. 대부분은 좋은 사람과 함께한 식사를 꼽았다. 그중 은행 지점장의 최고 밥상이 오래도록 아른거린다. 그는 퇴근하면서 저녁에 된장찌개를 먹고 싶어 알이 꽉 찬 게를 사서 귀가했는데, 그의 아내도 된장찌개 생각에 두부를 사 왔다. 부부는 그날 남편이 끓인 된장찌개로, 호흡이 완벽하게 일치한 날을 기념해 오랜만에 반주까지 곁들인 저녁을 먹었다 한다.

나에게 최고의 밥상은 강원도 정선 가리왕산에서다. 누군가 만든 멋진 돌식탁에서 먹은 점심이다. 가리왕산 정상을 찍고 하산길에, 점심 먹을 장소를 찾다가 길가에 돌로 만든 식탁이 눈에 띄었다. 그날도 홀로 산행이어서 멋진 돌식탁에 1인 밥상을 차렸다. 임금님의 밥상에서 한 숟갈 뜨는 순간 '나는 정말 행복한 사람이구나' 하는 생각이 밀려들었다. 왜인지 모른다. 그냥 너무 행복했다.

김소운의 수필 「가난한 날의 행복」이 그 순간에 떠올랐을 수도 있다. 실직한 남편이 쌀이 떨어져 굶고 출근한 아내를 위해 따뜻한 밥 한 그릇과 간장 한 종지로 겨우 점심 밥상을 마련하고서 상 위에 쪽지를 남겼다. "왕후의 밥, 걸인의 찬. 이걸로 우선 시장기만 속여 두오."라며. 책 속의 주인공으로 빙의됐다. 누군가 나를 위해 돌로 식탁을 만들어 두었고, 아내는 혼자 산으로 가는 무정한 남편을 위해 도시락 만들어 줬으니 무엇을 더 바랄 것인가? 행복은 결코 멀지 않고 마음속에 있음을 다시금 느낀 날이다.

한 줌 햇살에도 행복을 느끼게 해주는 것이 숲이다. 오대산 선재길에서도 그냥 행복감에 사로잡혔다. 선재길은 편안한 둘레길이기 때문에 가족이나 친구들, 연인들이 많이 찾는 곳이다. 이곳도 나 홀로 걷기에 나섰다. 2시간 정도 걷다가 조금 피곤해 계곡에 발을 담그고 앉았는데, 나뭇잎 사이를 삐져나온 햇살이 발을 비추었다. 당나라 시인 이백의 시 「채련곡」의 한 장면처럼 삼삼오오 짝을 이뤄 다니는 무리 속에서 조금의 외로움을 느끼는 순간이었는데, 내 발을 감싸는 한 줄기 햇살 덕분에 외로움이 행복으로 바뀌었다. 햇살 한 줄기에 행복을 느낄 수 있는 인생이라면 충분히 가치 있고 보람 있는 게 아닐까?

"혼자 무슨 재미로 산에 가느냐?"는 질문도 많이 받는다. 한때 고산골 아침 등산 일행이었던 K는 "친구가 그렇게 없느냐? 혼자 무슨 재미로 가느냐?"는 말을 정말 자주 했다. 남해 바래길을 혼자 걷고서, 다음 날 고산골에 갔더니 또 같은 말을 했다. "바래길 바다 바람이 얼마나 좋은 친구인지 모르죠?"라고 되물었더니, 참으로 알 수 없는 인간이라는 표정을 지었다. 아내도 자주 홀로 산에 가는 나를 걱정스럽게 바라본다. 친구들에게 왕따 당하는 게 아닌가 하는 걱정, 혹시나 안전사고 발생하면 어쩌나 하는 불안감 때문이다. 항상 "누구랑 가느냐?"고 물어 때론 허위의 동행자를 만들고서 산으로 떠나는 경우도 많다.

나 홀로 등산은 내게는 익숙한 키워드다. 고산골에서는 물론 대구 주변의 산에 갈 때도 특별한 경우가 아니면 홀로 간다. 물론 강원도나 다른 지역으로 갈 때도 혼자일 때가 많다. 여러 가지 이유 때문이다. 첫째는 혼자 아무런 생각 없이 오롯이 산에만 집중해 걷는 게 좋다. 그다음은 함께 산에 가기 위해 일정 조정하는 게 쉽지가 않기 때문이다. 각자의 사정이 다른 관계로 주말의 시간을 맞추는 게 쉽지가 않다. 그냥 간단히 도시락이나 준비해 홀로 떠나면 쉽게 산행을 즐길 수 있다. 또 홀로 산에 가는 것 같지만, 산속에는 홀로 산행을 즐기는 등산객이 의외로 많다. 거기서 새로운 사람을 만나 함께 걷는 것도 그리 나쁜 게 아니다. 숲에서 오감을 오롯이 느끼고, 즐기는 데는 홀로 묵묵히 걷는 게 최고다.

사람들과 단절을 통해 자신만의 시간을 갖는 게 결코 손해 보는 것만은 아니다. 인도 독립의 아버지 자와할랄 네루는 감옥생활의 장점으로 사람들과 만나지 않는 것을 꼽았다. 그는 수감생활 덕분에 딸을 위해 196편의 편지글 형식의 세계사 편력을 썼다. 네루의 딸 인디라 간디는 세계사를 이야기 형식으로 풀어 쓴 아버지의 편지로 굳건한 역사관과 세계를 바라보는 안목을 키웠다. 훗날 인도 최초로 여성 총리가 됐다. 신영복 선생 역시 오랜 수감생활을 통해 『감옥으로부터의 사색』이라는 명저를 남겼다. 선생의 시 「처음처럼」은 단순히 시어를 넘어 우리 사회의 근본을 돌아보게 할 정도로 깊은 울림을 줬다. 외로운 감옥에서 나온 성찰이기에 우리에게 더 뜻깊게 다가온다. 군중 속의 외로움도 축복일 수 있지만, 숲속에서 외로움은 엄청난 축복이다. 숲속 친구들은 처절한 아픔 대신에 껴안고 보듬어 주기 때문이다. 소설가 최인호는 "외로움은 옆구리로 스쳐 지나가는 마른 바람 같은 것이고 그런 바람을 쐬면 사람이 맑아진다." 했다.

조동례 시인의 「그냥이라는 말」 시에서 '산에 그냥 오르듯이/ 물이 그냥 흐르듯이// 그냥이라는 말/ 그냥 좋아요' 라고 했다. 나는 이 시를 정말 좋아한다. 가족이나 친구들에게 자주 전해 줄 정도로 좋다. 고산골이 그렇다. 그냥 좋다. 고산골이 치유의 선물을 줘서, 힐링을 던져줘서, 행복과 건강도 멋지게 포장해 줘서 고맙기도 하지만, 이 모든 게 없어도 그냥 좋다. 새벽에 아무런 생각 없이 묵묵히 땅만 보고 걸어가는 게 그냥 좋다.

친구와 거제의 공곶이로 봄 산행 가서, 등산 대신에 바다만 바라보다가 돌아온 적 있다. 따사로운 봄 햇살이 비치는 바다를 그저 멍하니 바라보는 것만으로도 너무 행복했다. 나만 그런 게 아니라 친구도 정말 좋아했다. 최근 그 친구와 오랜만에 술 한잔하면서 공곶이서 바다 멍 때리기의 행복한 기분을 다시 확인했다. 친구는

"그날은 무슨 이유였는지 걷는 것보다 봄 햇살이 가득한 바다를 바라보는 게 훨씬 좋았다. 목표지향적인 내게는 좀처럼 있을 수 없는 기억이다."고 말했다.

고산골에 다니면서 책 읽는 습관이 나도 모르게 바뀌었다. 숲속을 걷기 전에도 책은 자주 읽었다. 다만 주로 읽는 책들이 실용 서적이 대부분이었다. 기자 생활을 사회부와 경제신문에서 보낸 탓인지 가슴을 말랑말랑하게 해주는 시집이나 소설책은 읽히지 않았다. 자기계발서나 경제 관련 서적들을 주로 읽었고, 가끔은 대학 전공인 역사에 관한 책을 보는 게 전부였다. 나의 이런 독서 습관이 안타까웠는지 대학 선배는 "동서양 고전만 읽으면 자기계발에 관한 것들은 충분하다."며 고전 읽기를 권유할 정도였다. 카피라이터이자 작가인 박웅현은 "고전은 시간과 싸워 이겨냈어요. 3백 년, 5백 년을 살아남았고 앞으로 더 살아남을 겁니다. 놀랍지 않습니까?"라고 고전 읽기를 권유했지만, 나의 독서 습관은 쉽게 바뀌지 않았다. 그런데 숲속을 걷기 시작하면서 나도 모르게 달라지기 시작했다. 그야말로 그냥 아무런 이유 없이 상상할 수 있는 시들이 좋아지고, 가슴을 촉촉하게 적셔주는 소설책을 읽으며 눈물도 흘리는 모습을 볼 수 있었다. 과거였으면 도저히 생각할 수 없는 일이다.

고산골 걷기가 나의 삶을 좀 더 말랑하게 만들어 주는 게 틀림없다. 소설 속에서 상상을 자극하는 내용을 읽은 날에는 고산골 등산로의 주인공 졸참나무와 대화를 나눈다. 머리나 가슴에 여유로움을 담으면 그 사람도 부드러워진다. 내 마음이 말랑말랑해지면 졸참나무도 산새도 마음을 한껏 연다. 병도 마찬가지다. 몸속의 병에게 '내가 너를 단칼에 벨 거야' 한다면 병 역시 갈기를 세운다. 산림치유는 어려운 게 아니다. 몸속에 아픈 친구들에게 부드럽고 여유롭게 다가가기만 하면 나머지는 알아서 풀린다.

아무런 생각 없이 그냥 시작한 일도 로또 복권이 될 수도 있다. 대학으로 직장을 옮긴 나의 주 업무는 홍보였다. 홍보는 외부에 알리는 것도 중요하지만 내부 구성원들에게 효과적으로 대학의 정책이나 성과를 알려주는 내부 홍보도 매우 소중하다. 대학 교직원들을 위한 내부 홍보 방법으로 매일 아침 우리 대학뿐만 아니라 주요 대학의 소식과 교육부의 정책 등 대학 관련 뉴스를 자체 메신저를 통해 전체 교직원들과 공유를 했다. 단순히 뉴스만 공유하는 건 공감을 얻지 못할 것 같아서 매일 책을 읽고 좋은 글귀를 뽑아서 함께 나누는 시간을 가졌다. 물론 이 일은 누가 시켜서 한 게 아니다. 과외의 일이었지만, 한 시간 이상 일찍 출근해 책을 읽고 정리하는 작업을 매일 했다. 이 일도 10년 이상 했더니 엄청난 데이터가 쌓였다. 적어도 1년에 A4 용지 50장 이상의 데이터가 축적됐고, 읽은 책도 매년 70~80권은 됐다. 이 책을 쓰면서 그냥 저장해 둔 데이터가 엄청 도움됐다. 그냥 한 일이 로또 복권 1등은 아니었지만 적어도 2~3등에 당첨되는 효과를 거둔 셈이다.

아빠 찬스, 그날을 기대하며!

20대 젊은 아가씨 S의 고산골 아침 등산 참여로 고산골 커뮤니티가 한때 술렁인 적 있다. 지금도 마찬가지지만 당시 50대 중반이었던 내가 고산골 새벽 등산에서 가장 젊은 층이었는데, 그녀의 등장은 평균연령을 엄청나게 낮췄다. 물론 하루 이틀 나타나 고산골 새벽을 걷는 젊은 친구들은 많이 있지만, 1년 이상 매일 숲속을 걷는 젊은이, 특히 20대는 거의 없다. 고산골 새벽 커뮤니티는 어르신을 중심으로 우선 젊은 아가씨가 대단하다는 것부터 무슨 사연이 있길래 이 새벽에 혼자 산에 오느냐는 등 이러쿵저러쿵 말이 많아지기 시작했다. 나도 너무나 궁금했다.

어느 날 함께 걷게 됐다.

"젊은 아가씨가 잠을 안 자고 새벽 시간에 산에 오느냐?"고 직설적으로 물었다. 그녀는 인근 대학병원에 근무하는 간호사인데, 운동하기 위해 새벽 등산을 시작하게 됐다는 거다.

"고산골은 아버지가 항상 새벽 등산을 하셨던 곳이었다. 운동 필요성을 느끼고 어떻게 할까 고민하다가 아버지 생각이 나서 시작하게 됐다."고 설명했다.

순간 내게 희망의 빛이 보였다. 우리 집 두 딸도 언젠가는 아빠 찬스를 활용해 숲속을 걸으며 몸과 마음 맷집을 마음껏 키우는 날이 올 것이라는 희망의 싹이 텄다. 고산골 새벽을 3~4년 동안 화사하게 밝힌 그녀는 결혼과 함께 다른 곳으로 이사 가는 바람에 고산골 커뮤니티에서 이탈했다. 고산골 어르신들은 그녀의 결혼식에 가서 축하하고서 헤어짐을 아쉬워할 정도였다. 그녀가 어떻게 변했을지 정말 궁금하다. 고산골을 떠난 지도 6~7년이 됐다. 아내와 엄마, 직장인으로 힘든 일상을 보내면서도 계속 숲속 사람으로 자유를 누리는지, 아니면 주부와 직장인의 무거운 멍에를 짊어지고서 힘겨워하는지?

나를 제외한 우리 식구들은 지독한 집순이다. 퇴근하거나, 귀가하면 꼼짝 않으려 한다. 집 바로 옆이 신천이고 김광석 거리이며, 고산골은 차로 5분이지만 모두 '이불 밖은 위험해' 주의자다. 아내와 장모님은 이미 어쩔 수 없어도 두 아이만은 숲속 청년으로 성장하게 해 주고픈 게 솔직한 마음이다. 모임에서 이 바람을 얘기했더니, 경찰관 지인은 아이들의 좋은 습관 형성을 위해 조금은 강제할 필요가 있다고 조언했다. 직장 후배는 다른 걱정을 했다. 매일 아침 등산하고 출근한다는 나의 고백을 듣고서 깜짝 놀라서 말했다. 좋은 의미의 놀람이 아니라는 걸 직감했다. "산이 너무 싫습니다.

산을 좋아하신 아버지께서 산에 가자고 너무 강요했기 때문에 아직도 산 얘기만 나오면 화부터 밀려옵니다." 했다. 감히 말하지만, 아이들에게 단 한 번도 강요한 적 없다. 숲속 걷기의 매력을 얘기해 주지만 그것뿐이다. 아빠 찬스를 쓰며 한때 고산골 어르신들을 기쁘게 했던 간호사처럼 우리 아이들도 나와 함께 숲속을 걷고 즐거워했던 어린 시절의 추억과 매일 아침 고산골을 등산하는 아버지의 뒷모습을 보고서 닮아가기를 기대한다.

멧돼지보다 암이 더 무섭다며 앞산을 안방처럼 휘젓고 다닌 K 여인은 이모 찬스를 활용해 조카들을 단련시켰다. 그녀는 몇 년 전 미국에서 다니러 온 조카들을 고산골 아침 산행에 끈질기게 끌고 다녔다. 끌고 다녔다고 표현한 이유는 조카딸 두 명을 서너 달 동안 단 하루도 쉬지 않고 데리고 다녔기 때문이다. 그것도 매일 고산골 등산길을 기어 다닐 정도로 조카딸이 힘겨워하는데도 아랑곳 않았다. "미국에서 패스트푸드에 익숙한 조카들의 몸 상태가 좋지 않은 것 같아서 무리하게 숲속 걷기를 시켰다. 미국으로 돌아간 조카들은 지금도 고산골에서 아침이 힘들었지만 가장 즐거운 체험이었다고 말한다. 그러나 조카의 생활 습관은 다시 옛날로 돌아간 것 같다."고 일상의 위험에서 벗어나지 못한 조카들을 안타까워했다. 그녀의 미국 조카는 자율주행을 연구하며 박사과정을 밟고 있지만, 몸 상태는 한국에 다니러 왔을 때보다 더 나빠진 것 같다고 아쉬워했다. 그녀의 미국 조카뿐만 아니라 우리 집 아이들도 위험한 습관들에서 벗어나지 못하고 있는 것은 마찬가지다.

영화평론가 이동진이 『밤은 책이다』에서 읽은 슈베르트와 세잔, 로베르트 발저 모두는 지상에서 자신이 최고 불행한 인간이라고 고백한다. 세계 예술사와 지성사에 커다란 족적을 남긴 위인들치고는 스스로를 너무나 불행하게 가치를 매겼다. 물론 슈베르트는 어린 시절 아버지로부터 사육을 당했다고 말할 만큼 음악가로 키워졌고, 반대로 세잔은 은행가인 부모의 지독한 반대 때문에 화가로서 첫길은 순탄하지 못했다. 발저는 두 사람과는 조금 다르지만 스스로 억압하는 고독한 숲속 사람으로 살았다. 위인이라고 예외 없이 전부 불행한 삶을 산 건 아닐 것이다. 그러나 적어도 이들은 일상에서 작은 행복을 발견하거나, 그 속에서 의미를 부여하는 데는 실패한 것 같다.

꿈을 얘기할 때마다 나는 정수리를 쇠망치로 내리친 후배의 얘기를 잊지 않는다. 후배는 '아이들에게 꿈을 키우라고 얘기하지 말고 당신 꿈이나 키워라. 그러면 아이들은 자연스럽게 꿈을 키울 것'이라며 내게 독설을 퍼부었다. 내가 행복한 숲속 사람의 모습을 보여주면 그만이다는 거다. 우리 아이들이 아빠의 뒷모습을 보고서 따라오느냐는 그다음 문제다. 가난한 부모는 돈이 없는 부모가 아니라 물려줄 정신세계가 없는 부모다. 부모로부터 물려받은 삶의 철학, 태도야말로 자녀의 자양분과 토양이 된다. 고산골 사람들은 적어도 자녀들에게 물려줄 단단한 정신세계를 가지고 있다고 믿는다. 물론 고산골 40년 경력을 자랑하는 고산골 산신령은 40대 두 아들이 숲속 생활에서 멀어지고 있는 게 너무 아쉽다고 한다. 그들은 아버지 고산골 산신령을 따라서 곧잘 숲속을 거닐었는데, 결혼하고 부모가 되면서 숲과 멀어진 생활을 하고 있다는 거다. 고산골 산신령께서 두 아들의 숲속으로 회귀를 기대하듯이, 나 역시 두 딸이 숲속형 사람이 되기를 희망한다.

숲속에는 구미호가 산다

새벽 산에는 꼬리 아홉 개가 달린 구미호가 살고 있다. 새벽 등산을 시작한 지 얼마 되지 않아서다. 가람봉 아침 등산 일행 가운데 한 분인 P 사장이 은밀하게 제안했다. "내 뒤를 3개월만 따라다니면 모든 산을 훨훨 날아다닐 수 있다."며 같이 다니자고 했다. 등산에 대해 모르는 초보에게 너무도 감사한 제안이어서 다음 날부터 따라다녔다. 당시 50대 후반이었던 이분은 20대부터 사업한다고 몸을 혹사해 30대 초반에 시한부 선고를 받을 정도로 건강 상태가 심각했다. 그는 살기 위해 틈만 나면 팔공산을 휘젓고 다녔다. 정신없이 팔공산을 휘저은 덕분에 그는 건강을 회복했고 그다음부터 산에 푹 빠져 생활했다. 당시에도 매일 아침 가람봉 이곳저곳을 다니며 주말에는 5~6시간 장거리 산행을 즐기는 전형적인 숲속형 인간이었다. 특히 그는 산행 속도가 정말 빨랐다. 자연히 초보자로서 그를 따라다니기에는 너무 힘들었다. 아침 산행만 갔다

오면 지쳐서 종일 헤맸던 것 같다. 이때 회사에서도 "제발 아침에 산에 다니지 말라."고 경고를 받기도 했다. 1주일을 따라다니면서 깨달았다. 그가 50대 기업인 모습을 하고 있지만 꼬리 아홉 달린 구미호라는 것을. 그다음부터는 무조건 피해 다녔다. 가람봉 아침 등산을 5년 정도 했는데, 이분과는 초창기 기억밖에 없는 걸 봐서는 그 후론 교류를 전혀 않은 듯하다. 그만큼 그의 에너지는 엄청나서 나를 한없이 움츠리게 한 것 같다.

내 눈에는 고산골에도 구미호가 엄청 많이 보인다. 고산골 아침 산행 일행 가운데 나에게 설악산이나 지리산 등으로 장거리 산행을 가자고 많이 조르는 분이 있다. 세탁소를 운영하는 이분의 별명은 고산골 날다람쥐다. 거의 날아다니는 수준으로 산행해 붙여진 별명이다. 고산골 주차장에서 약수터까지 35분~40분 정도 소요된다. 이건 비교적 걸음이 빠른 사람 기준이고, 조금 느린 분들은 1시간 정도 땀을 흘려야 한다. 고산골 날다람쥐는 20분 정도면 끝낸다. 그것도 나보다 5살이나 많은 연장자인데도 걷는 데는 거침없다. 산을 오르는 것에는 도저히 따라갈 수 없어 하산은 혹시나 함께 할 수 있을까 싶어 몇 번 같이 한 적 있지만, 그것 역시 새발의 피였다. 이분의 속도를 맞추는 건 웬만한 사람은 도저히 불가능하다고 생각된다. 이런 분이 장거리 산행을 함께 가자고 한다고 덥석 물었다가는 큰 곤욕을 치를 수밖에 없다. 가람봉에서 P 사장을 통해 산속 구미호 구별법을 숙지한 덕분에 바쁘다는 핑계로 거절했다. 이분은 2년 전 손자를 돌보기 위해 자녀들이 있는 서울로 이사 갔다. 그는 틀림없이 지금쯤 북한산이나 관악산 등 도심 산에서 수많은 등산객을 홀리고 있을 게 분명하다.

고산골 법정드라마 해설자인 K 변호사도 꼬리 아홉 달린 여우인 게 틀림없다. 그는 매일 새벽 고산골을 거쳐 앞산 정상을 찍고 하산한다. 이 코스는 걸음이 빠른 사람도 3시간 정도 걸리는 거리인데, 6시 전에 하산하는 것으로 봐서 적어도 새벽 3시쯤 고산골 등산을 한다는 얘기다. 새벽 3시 등산하려면 몇 시에 잠자리에 드는지 정말 궁금하다. 그것도 변호사로서 현업에서 왕성하게 활동하시는 분이라 더욱 그랬다. K 변호사에게 물은 적 있었지만, 그는 싱긋 웃기만 했다. 구미호가 아니고서는 도저히 할 수 없는 일상을 보내는 분이다. 이분은 나에게 저녁에 보자는 말은 하지 않아서 그나마 다행이다.

나도 누군가에게는 역시 구미호인 듯하다. 2022년 초 대학 동기 5명과 경북 군위군 아미산을 함께 산행했다. 아미산은 그리 험한 산은 아니지만, 일부 구간은 경사가 45도 정도 가팔라 우회하는 게 필요한 곳이다. 그날 산행에서는 우회하지 않고 가파른 경사 구간을 가로질러 갔다. 거의 엎드려 갈 정도로 조금 위험한 등산이었지만, 선두에 선 친구가 그대로 감행했다. 그다음 내가 따르니 다른 친구들도 어쩔 수 없다는 듯이 따라왔다. 물론 안전을 중요시하는 공무원 친구는 "위험하다. 우회하자." 계속 주장했지만, 목소리는 이미 묻혔고, 아무 문제 없이 산행은 마무리했다. 나중에 공무원 친구는 "너희들과 계속 등산을 함께 해야 할지 말아야 할지 정말 고민을 많이 했다."며 "내게는 바로 네가 구미호다."고 말했다.

산속에 구미호를 많이 만난 덕분인지 일상 삶 속에서도 구미호들의 모습을 쉽게 찾을 수 있다. 애플이 휴대폰 시장 판도를 바꾸며 한때 창업자 스티브 잡스 따라 하기 바람이 거세게 불었다. 심지어 그의 전기를 필사하는 모임까지 있을 정도로 바람이 거셌다. 프랜차이즈 사업을 하는 후배 G도 스티브 잡스 따라 하기 신봉자였다. 그는 심지어 경영에 그걸 도입하려고 할 정도였다. 스티브 잡스 전기를 읽으며, 우리 전설의 고향 주인공 구미호가 미국에도 상당히 많다는 걸 느꼈다. 나는 후배에게 웃으며 한마디 했다. "스티브 잡스는 구미호이고, 편집증 환자이고, 그래서 자신의 추구하는 바를 지치지 않고 지속할 수 있는 사람인데, 그대는 너무나 선한 경영자이니 따라 하려 하지 마시길." 했다. "꼬리 네 개나 다섯 달린 여우는 흉내 내도 되겠지만 아홉 개 달린 놈을 따라 하면 무리일 것"이라는 부가 설명에 그도 어느 정도 인정했다. 후배는 다행히 스티브 잡스의 아홉 꼬리에 홀리지 않고 선한 경영자로서 본분 충실한 덕분에 지금도 건실한 기업을 운영하고 있다.

삶에서도 우리가 벤치마킹할 대상을 잘 골라야 한다. 꼬리 네다섯 개 달린 여우는 따라 해도 충분히 성과를 거둘 수 있지만, 꼬리 아홉 달린 여우는 우리 같은 평범한 사람에게는 도저히 따라갈 수 없는 존재다. 고산골에서, 삶의 현장에서 구미호가 출현했는지 유심히 살펴보자. 천재는 타고나는 게 아니다. 천재는 평범의 무한 반복을 통해 만들어진다고 한다. 숲속을 걷고 또 걸어 구미호와 겨룰 수 있는 숲속의 천재가 되자. 숲속 구미호들을 이기는 방법은 걷고 또 걷는 반복에 있다. 오늘도 우리가 숲속을 걸어야 하는 아주 단순한 이유다.

고산골 월요병

"너는 누구냐(Who are you)?"

삶의 멘토가 오래전 던진 질문이다. 아무런 대답도 못 하고 땀만 삐질삐질 흘렸다. 이런 질문 자체가 너무 낯설었다. 스스로 답을 내놓을 만큼 정체성에 대해 생각한 적도 없고, 철학적 사고에도 익숙하지 못했다. 멘토의 질문은 오랫동안 화두 아닌 화두였다. 숲속을 걷기 시작하면서 도덕경, 성경, 불경 등 마음공부를 한 적 있었다. 마음공부 선생님은 자신의 존재가치를 '아버지가 아니라 아버지가 되어가려고 노력하는 자'라고 정의했다. 정말 놀랐다. 그는 삶에 대한 인식의 지평을 넓히기 위해 세상에서 벗어나 깊은 산속으로 여행을 떠난 적도 있고, 나름 마르지 않는 샘을 파신 분이었다. 어떤 질문이든지 거침없이 해결책을 제시하는 쾌도난마의 스승이었는데, 아버지가 아니라 아버지가 되려고 노력하는 자라는 선언은 선뜻 동의하기 힘들었지만, 깊은 울림을 줬다.

"너는 누구냐?" 질문을 다시 받고 싶다. 아무런 답을 못 하고서 땀만 흘려, 나의 내면 속에서 부끄럽게 자리해 있는 잠재의식을 씻고 싶어서다. 너는 누구냐 질문을 다시 받으면, 이젠 망설임 없이 숲속을 걷는 자라고 대답하겠다. 그러면서 유식한 척 호모 비아토르Homo Viator라고 뽐내는 한마디도 덧붙일 것 같다. 프랑스 철학자이자 비평가인 가브리엘 마르셀이 인간을 정의한 말인 비아토르는 '걷는 자·나그네'를 의미한다. 호모 비아토르는 여행하는 인간을 뜻한다. 내게 딱 어울리는 정의라고 확신한다. 적어도 하루에 2시간 이상 숲속을 거니는 숲속형 인간에게 이보다 더 어울리는 정의가 있겠는가? 물론 이렇게 대답하면 멘토는 그다음 질문으로 나를 궁지에 몰 것이지만, 적어도 하나의 질문에는 답을 했다는 안도감에서 자존감을 조금 높일 수 있을 것 같다.

숲속에서 하루를 시작하는 고산골 사람의 숲속 걷기는 재능일까? 아니면 운명적으로 걸어야만 하는 타고난 숙명일까? 이것도 저것도 아닌 그저 취미일까? 고산골 사람들을 볼 때마다, 나 자신도 숲속을 걸을 때마다 드는 궁금함이다. 호모 비아토르에서는 재능적 의미와 운명적 냄새도 나서 중의적으로 다가온다.

고산골에서도 월요병을 앓는다. 고산골을 40년 다닌 산신령들이나, 고산골 10년 경력자들도 모두 월요일 아침이면 허덕인다. "아이고 힘들다." 하소연이 골골 마다, 사람마다 가득하다. 월요일 아침의 허덕임은 봄, 가을이나 여름 계절과는 상관이 없는 듯하다. 최고의 치유 공간에서, 고산골 명의의 보살핌을 매일 받는 사람들이 월요병을 앓는다는 건 인정하기 싫지만 현실이다. 월요일 아침 고산골은 정말 피곤하다. 등산하는 게 힘 드는 건 당연하고, 마음마저 무겁다. 다만 무거운 발걸음은 약수터까지만이다. 약수터에 올라서 힘들다 한숨 한 번만 쉬면 고산골 월요병은 싹 사라진다. 해리포터 마법의 세계에서나 있을 법한 이야기지만 현실이다. 나만 그런 게 아니다. 매일 아침 약수터를 올라오는 고산골 사람 누구나 경험하는 마법이다.

고산골 월요병을 인식하지 못했을 때, 직장인의 불치병 월요병이 내게는 없는 게 너무 신기했다. 월요일 아침 출근이 특별히 힘들거나 스트레스로 다가오지 않았다. 물론 전혀 그런 게 없었다면 거짓말이겠지만 적어도 월요병이라 할 정도 힘듦은 없었다. 스스로 스트레스를 받지 않고 직장생활을 잘하는 것으로 생각했다. 그런데 어느 날 고산골에서 월요병이 보이기 시작했다. 나는 물론, 고산골 산신령들의 아침 발길이 유난히 무겁게 보이면 어김없이 월요일이었다. 30~40년을 한결같이 다닌 고산골 산신령들도 한 주를 새로이 시작하는 건 불편하고 스트레스로 다가오는 것 같다. 그나마 다행인 건 고산골 월요병은 앞서 얘기했듯이 짧다. 앓는 시간이 짧기도 하지만, 우리 국민 대부분이 겪는 심각한 월요병의 사전 백신 접종 역할을 한다. 고산골 사람들은 자연히 숲속에서 자신도 모르게 월요병 백신 접종을 받고 출근하거나, 일상을 시작하기 때문에 정작 코로나 무증상자들처럼 월요병의 아픔이나 고통을 느끼지 못하는 무증상자가 대부분인 듯하다.

숲속 걷기가 재능일까? 숙명일까? 답을 이제 쉽게 찾을 수 있다. 고산골 사람들의 숲속 걷기는 재능이다. 타고난 뭔가가 있어 30~40년을 줄기차게 숲속 사람으로 살아가고 있다. 다만 모든 국민이 겪는 월요병에서 벗어나지 못하고 고산골 월요병을 앓고 있는 걸 보면 약간은 숙명이기도 한 것 같다. 어깨 위로 하염없이 내려앉기만 하는 운명 같은 삶의 멍에를 견뎌내기 위해 고산골을 걷고 또 걷는 건 아닐까? 월요병의 중병에서 벗어나기 위해 숲속에서 월요일에는 미리 백신 주사를 맞자. 각자 생활 터전에서 숲속 월요병 백신을 맞으면 심각한 월요병 통증은 아주 가벼이, 스스로 인식하지 못할 정도로 쉽게 지나간다.

겨울

새로운 출발

고산골의 겨울은 참으로 묘하다. 북새바람(북쪽에서 불어오는 추운 바람)이 휘몰아치는 겨울날 새벽 고산골을 가기 위해 집을 나설 때는 갈등의 연속이다. 마치 뜨거운 감자를 손에 쥐고서 이러지도 못하고 저러지도 못하는 것처럼 갈까 말까를 망설이게 한다. 그러나 고산골에 들어서면 완전히 달라진다. 찬바람이 쌩쌩 불다가도 주차장을 지나 고산골로 들어서면 언제 그랬느냐는 듯이 바람이 없다. 겨울 날씨는 바람만 없으면 기온이 아무리 낮더라도 충분히 견딜 만하다. 고산골이 그런 곳이다. 북새바람이 북쪽에서 아무리 불어와도 산성산 능선이 든든하게 막고 있어 고산골에서 북풍 찬바람을 그리 느끼지 못한다. 고산골 사람들은 그래서 한겨울 매서운 추위에도 아랑곳하지 않고 봄가을처럼 고산골의 아침을 즐긴다.

숲속에서 제2의 인생을

백수 과로사 한다. 이 말만큼 요즘 실감 나는 건 없다. 나는 베이비붐 마지막 세대다. 주변 많은 친구와 지인들이 은퇴하기 시작했다. 대구시 고위공무원으로 퇴직한 친구와 저녁 약속을 잡으려다 포기한 적 있다. 약속이 빼곡하게 차 있었다. 주말 장거리 산행의 우등생 동반자인 L과는 지난해 산행을 단 한 번밖에 하지 못했다. 금융기관을 정년퇴직한 그는 주말을 누군가에게 통째로 빼앗긴 것처럼 보였다. 주말뿐만 아니라 주중 시간도 여유가 없기는 마찬가지였다. 퇴직하는 후배가 보여준 일정은 프로야구 시즌을 치르는 선수보다도 훨씬 빡빡했다. 모임에서 퇴직 축하연을 열어주려다 포기했다. 도저히 비집고 들어갈 틈이 없었기 때문이다.

퇴직자 상당수는 퇴직 불안감과 우울감으로 고통을 받는 것 같다. 퇴직에 앞서 미리 열심히 준비하고, 계획을 세운 분들도 은퇴가 현실이 됐을 때는 적응하지 못하는 것 같다. 좋아하는 선배가

퇴직 후 후회하는 선택을 거듭하는 것을 보았다. 그는 은퇴 후 자기 나름의 확실한 비전과 계획을 가진 분이었는데, 은퇴 시간이 조급하게 만드는지 악수를 연거푸 두었다. 그는 "제2의 삶이 계획과 달리 완전 엉뚱한 방향으로 흘러가고 있다. 퇴직하는 순간 조급해지고 불안함에 휘둘려 잘못된 결정을 내린 것 같다."며 냉정한 판단의 어려움을 토로했다.

인생 2막에서는 만들어진 행복에 다가갈 것이 아니라, 행복을 스스로 만들어가는 존재였으면 한다. 행복을 창조하기 위해서는 나만의 행복을 만들 수 있어야 한다. 그 길은 자기와 스스로 맞상대하며 끊임없이 "Who am I?"를 하고서 답을 찾는 거다. 물론 인생 1막에서도 못한 것을 2막에 한다는 건 어렵다. 그래도 그 길에서 희미하지만, 해답 비슷한 걸 찾을 수 있어야 한다. 스스로 질문하지 않으면, 대답하는 자가 될 수밖에 없다는 걸 우리는 인생 1막에서 너무나 충분히 배웠고, 온몸으로 체험했다. 헤르만 헤세는 『데미안』에서 "인간이 자기 자신을 향해 나가는 일보다 더 하기 싫은 건 없다." 했다. 그만큼 스스로를 들여다보는 건 힘들고 어렵다. 백세시대다. 60에 은퇴하면 40년을 더 살아야 한다. 인생 1막의 독립된 삶보다 더 긴 시간을 보내야 한다.

퇴계와 베토벤, 코엘료, 베르나르 올리비에의 공통점은 무엇일까? 이들은 숲에서 제2의 인생을 연 사람이다. 퇴계는 설명이 필요 없는 우리 성리학의 거봉이지만, 그는 전형적인 숲속 사람이다. 특히 퇴계는 봉화 청량산을 정말 사랑했다. 청량산에 관한 시詩를 51

편이나 남길 정도로 푹 빠져 있었다. 과거에 합격해 관직에 나아가서도 고향인 안동으로 돌아가길 원했고, 고향에 가까운 단양·풍기군수 등 외직으로 나간 건 고향 근처로 가기 위한 선택이었다. 퇴계는 안동에서 청량산으로 가는 길을 그림 속으로 들어가는 길로 표현할 만큼 좋아했다. 퇴계는 어린 시절 숙부인 송재 이우에게 학문을 배우기 위해 청량산으로 이어지는 이 길을 오가며 학자로서 틀을 잡았다. 이 길은 안동시가 새롭게 단장해 퇴계 오솔길로 내놓은 인기 관광 상품이다. 농암종택에서 시작해 낙동강 줄기를 따라가는 이 길은 그야말로 절경이다. 퇴계 오솔길이 만들어지기 전 이 길을 걸은 적 있다. 진경산수화를 펼쳐 놓은 듯 감탄이 절로 나오는 아름다운 곳이다. 특히 퇴계는 '유산遊山은 독서와 같다(讀書如遊山)'고 할 정도로 산에 가는 것 자체를 마음 수행, 지식 수행으로 여길 정도로 매우 중요하게 생각했다. 산을 선비의 정신적 상징으로 여긴 것 같다. 그는 죽어서도 청량산을 바라보기를 원한 것 같다. 청량산을 바라볼 수 있는 건지산 자락에 그는 묻혔다.

베토벤이 음악가로서는 사형선고나 다름없는 청각 상실에도, 인류의 사랑을 한몸에 받는 명곡을 남긴 비결은 무엇일까? 베토벤이 귀가 완전히 들리지 않는 장애인이 된 것은 30대 청년 시절이다. 난청을 앓고부터 동생에게 유서(편지 형식의 이 유서는 동생에게 보내지는 않았고 그의 사후 유품에서 발견됐다.)를 쓰고서 죽음을 생각할 정도로 절망했던 베토벤이 다시 일어선 것은 하일리겐슈타트 숲에서다. 베토벤은 어린 시절 모차르트와 같은 천재 음악가로 만들기 위해 아버지로부터 폭력적인 교육을 받았고 청년기에는 이처럼 치명적인 장애가 있는 상처투성인 인물이었지만, 율리우스 슈미트의 그림 〈산책하는 베토벤〉에서 볼 수 있듯이 베토벤은 자신의 아픔을 자연과 대화를 통해 극복했다. 그의 하루 일과는 태양이 뜨면 일어나 오후 2시까지 작곡을 한 후 저녁때까지 하일리겐슈타트 숲을 걸었다. 베토벤은 심지어 사람은 속일 때 있지만, 자연은 그렇지 않다고 할 정도로 숲속에 푹 빠진 삶을 살았다. 이 시기에 나온 전원교향곡은 청각장애를 앓는 게 맞을까 의문이 들 정도로 4악장 모두 새소리가 살아 움직이고 있다. 베토벤은 〈운명〉, 〈합창〉 등 그의 대표적인 교향곡을 이 시기에 창작했다. 시인이자 피아니스트인 알프레드 브랜델은 "베토벤을 제외하고 드넓은 음악 세계를 마음껏 활보한 작곡가가 있을까? 그만이 희극, 비극 모두를 아우르는 작곡을 했다."고 평할 정도다. 베토벤이 걸었던 하일리겐슈타트 숲에는 베토벤의 산책길이 현재 조성돼 있다고 한다. 죽음까지 생각할 정도로 깊은 절망에 빠진 그를 일으켜 세운 그 숲을 나도 꼭 한번 걸어보고 싶다.

　스페인 산티아고 순례길은 작가들에게 영감을 주는 숲이고 길인 듯하다. 현존 작가 가운데 세계에서 가장 많은 독자를 가진 파엘로 코엘료는 산티아고 순례길을 만나기 전에는 그저 그런 작가였다. 작가로서, 음반회사 간부로서 삶에 만족하지 못하고 우울증마저 앓고 있던 그는 주변의 권유에 따라 모든 것을 내려놓은 채 스페인의 야고보 성지 산티아고 데 콤포스텔라 순례를 떠난다.

800km에 이르는 순례길을 걸은 뒤 인간의 내면을 파헤친 작품 『순례자』로, 다음 해는 『연금술사』로 전 세계 독자들로부터 찬사를 받는 인기 작가로 자리매김했다. 그는 세계에서 가장 많은 언어로 번역된 작가로 기네스북에 등재됐으며, 특히 우리나라 독자들이 가장 사랑하는 외국 작가로 손꼽힌다.

프랑스의 베르나르 올리비에는 기자로서 퇴직한 후 산티아고 순례길을 걷고서 마르코 폴로 이후 어느 누구도 생각하지 못한 실크로드 도보여행을 나섰다. 그리고 그 여행기를 기록한 3권의 시리즈인 『나는 걷는다』를 썼다. 전 세계 독자들은 열광했다. 예순을 넘긴 나이에 튀르키예 이스탄불에서 중국 시안까지 12,000km를 4년에 걸쳐 홀로 걷고, 그것도 단 1km도 건너뛰지 않고 매년 봄부터 가을까지 걷고 또 걸은 생생한 현장 기록이기 때문이다. 그는 "콤포스텔라 길의 끝에서 나는 내가 가야 할 새로운 길을 발견했다. 인간과 문명의 길, 베네치아와 구 비잔틴(이스탄불)에서 중국에 이르는 실크로드를 따라가 보리라. 걸어서, 서두르지 않고. 하지만 친구들과 내 원래의 생활에서 영원 단절되기를 바라진 않았기에, 나는 크게 몇 단계로 나누어 매해 서너 달 동안 2,500km에서 3,000km를 걸음으로써 여정을 완성하리라." 결심하고서 여행에 나선다. 그는 실크로드를 걸으며 자신의 인생 2막 꿈을 꾸며, 수없이 많은 질문을 스스로 던진다. "걷는 것에는 꿈이 담겨 있다. 그래서 잘 짜여진 사고와는 그리 잘 어울리지 않는다. 고독이 도피가 아니라 내가 자유롭게 선택한 것이기에 더욱 절실한 질문이다. 고독이 칠판이라면, 난 그 위에다 계속 써나가야 할 것이다." 여행의 진짜 의미를 새겼다.

'최고의 순간은 아직 오지 않았다(The best is yet to come)' 미국 전설의 팝가수이자 배우였던 프랑크 시나트라의 노래 제목이며, 그의 묘비명이다. 제2의 인생을 준비하면서 간절히 믿고 싶은 말이다. 내 삶에서 최고의 순간은 새벽 등산을 위해 산 앞에 섰을 때라고 대답할 것 같다. 다만 이 질문에는 전제 조건이 있다. 지금까지 최고의 순간이지, 앞으로 다가올 시간을 포함하면 아니다. 시나트라의 노래처럼 최고의 순간은 아직 오지 않았다고 믿는다. 우리는 흔히 공부도 때가 있다 한다. 이 말의 의미는 공부는 학창시절에 해야 한다는 걸 강하게 내포하고 있다. 공부도 때가 있다는 말에 100% 공감한다. 다만 시기는 학창시절이 아니라, 자신이 공부가 필요하다고 강하게 느낄 때다. 나는 산림치유지도사 자격증 취득 공부에 2020년부터 2년 동안 꼬박 매달렸다. 산림치유지도사 자격증 취득에 필요한 관련 학과(보건계열·임학·환경학 등)를 나오지 않았기 때문에 한국방송통신대 농학과에 편입해 2년 학위 과정과 함께 산림치유지도사 양성과정을 동시에 이수했다. 정말 열심히 했다. 공부한 것을 돌아서면 잊어버리는 기억력 탓에 열심히 노력한 것도 있지만, 인생 2막은 스스로 질문에 대한 해답을 찾고 싶은 간절함이 더 크기 때문이었던 것 같다. 그만큼 산림치유에 대한 절절함이 컸던 것 같다.

나의 산림치유지도사 도전은 거름 지고 장에 간 거나 다름없다.

주말이면 이산 저산을 함께 다니던 친구가 어느 날부터 바쁘다고 했다. 산림치유지도사 자격증 취득 과정을 공부한다는 거다. 제2 인생을 어떻게 준비할 것인가를 두고 한창 고민할 때여서 친구의 도전은 조금 충격을 줬다. 그때까지 산림치유지도사는 전혀 알지 못했지만, 누구보다 내게 어울리는 분야라는 생각이 들었다. 특히 숲속에서 치유의 경험도 많았고 숲을 통해 건강한 삶을 만들어가 는 사람들의 무궁한 이야기로 산림치유에 대한 확신도 들었다. 그러나 제2의 인생을 굳이 힘들게 준비해야 하느냐는 의문과 산림치 유지도사 양성과정을 힘들게 거쳐도 현장의 비전은 그리 좋지 않다는 주변의 만류도 많았다. 단순히 노후 대비용 자격증 수집으로 하기에는 경비와 시간이 녹록하지 않아 섣불리 결론을 내리지 못했다. 고산골을 오르내리며 수없는 질문을 했다. 해답도 역시 숲이었다. 숲에 방점을 찍는 순간 나머지 문제는 고민할 필요가 없었다.

제2 인생 준비를 여유 시간 소비에 포커스를 맞추는 경향이 많은 것 같다. 골프를 즐기는 퇴직자들은 5분 대기조를 자처할 정도다. 라운딩 요청에 언제 어디서나 대응할 수 있도록 준비하고 있는 걸 빗댄 말이다. 물론 노후에 효율적인 시간 활용은 매우 중요한 요소다. 그러나 단순히 일과 삶을 멈추고 시간을 소비하며 보내는 것에 치중하는 건 너무나 아쉬움이 많다. 인생 2막에서도 유의미하고 가치 있는 도전하는 삶을 살아야 한다. 은퇴 후 40년에 대한 미래 비전과 꿈에 대해 스스로 끊임없이 질문하고 해답을 찾아야만 한다. 은퇴 후 곳곳을 다니며 한 달 살이를 실천하는 이들이 정말 많다. 젊어서 못 한 여행과 체험을 곁들인 삶이기에 부럽기도 하다. 하지만 과연 얼마 동안 그렇게 살 수 있을지 궁금하다. 경제적 여유가 있더라도 결코 쉽지가 않은 방법이다.

퇴직을 2~3년 앞둔 아내는 퇴직 후 생활을 일하기에 80%, 여행에 10%, 각자 하고픈 것 하기에 10%를 노래 삼아 매일 부르고 있다. 아내가 인생 2막을 8대 1대 1 원칙을 주장하는 건 경제적 은퇴를 충분히 준비하지 못한 탓도 있지만, 주구장창 여행하고 놀이하는 데 시간을 보내기에는 한계가 있다는 것을 인식하기 때문이다. 백세시대에 40년의 퇴직 생활을 감안한다면, 퇴직 포트폴리오에는 반드시 일을 포함시켜야 한다. 그것도 숲속에서 깊은 사유를 통해 "Who am I?"의 답을 찾고서 그에 따른 일을 만드는 게 필요하다. 인생 2막을 숲속에서 열어보자. "Who am I?"에 대한 대답을 찾는 데는 숲만큼 좋은 곳은 없다. 숲속에서 홀로 생각하고, 걷다 보면 시간이 걸리더라도 정답은 아니지만 근사치를 찾을 수 있다.

숲에서도 4차 산업혁명이 이뤄질까?

숲속 체험도 메타버스에서 가능할까?

유비쿼터스Ubiquitous의 시대다. 유비쿼터스는 언제 어디서나 편리하게 컴퓨터 지원시스템으로 현실 세계와 가상 세계를 결합, 공상과학에서 생각할 수 있는 일을 실제 생활 공간에서 실현하는 기반을 말한다. VR(가상현실)·AR(증강현실) 고글만 착용하면 온갖 가상 세계는 물론 현실 세상도 체험할 수 있다. 유비쿼터스 세계는 주거를 넘어 스마트시티, 스마트팜firm, 스마트팩토리factory가 이미 현실에서 실현되고 있다. 특히 COVID19의 영향으로 국내는 물론 해외 여행이나 박물관, 미술관 등도 집에 편안하게 앉아서 VR로 얼마든지 체험할 수 있다. 메타버스 세계는 우리를 이미 가상세계 속으로 깊숙이 이끌고 있다. K팝 스타 공연이 수시로 이뤄지고, 기업의 제품 홍보와 판매도 활발히 이뤄지고 있다. 대학도 이미 메타버스의 세계에 들어가기 위해 시스템 구축은 물론 콘텐츠 확보에

팔을 걷어붙이고 있다.

그럼 숲속 걷기도 메타버스에서 가능할까? 산림치유는 지구촌에 거세게 불고 있는 4차 산업혁명에도 대체 불가 영역이라고 한다. 숲은 본인이 직접 걷고 경험하고 만져보지 않고서는 그 가치를 느끼지 못하고, 가상체험으로는 결코 만족하기 힘든 영역이라는 이유를 든다. 정말 그럴까? 이미 기업에서는 접근하기 어려운 교통 약자를 위해 가상·증강현실(VR·AR) 숲 프로젝트를 진행하고 있다. 산림청에서도 '메타버스로 숲을 배달해 드려요' 라는 산림치유와 등산, 산불예방 등을 가상체험하는 프로그램을 이미 선보였고, VR로 즐기는 100대 명산 탐방 등도 서비스하고 있다. 산림청의 메타버스 숲 체험을 직접 해 보지 못해 정확히 알 수는 없지만, 사람들의 체험기는 그리 부정적이지 않다. 물론 많은 기업이 메타버스 숲 체험을 표방하는 다양한 체험관을 선보이고 있지만, 숲과는 관련이 없는 게임이거나 부동산 개발, 숲과 관련된 작품 NFT 등이 중심이다. 또 유튜브에는 숲 체험과 관련된 다양한 동영상 서비스를 제공하고 있다. 물론 이런 서비스는 숲에서 일상을 즐기고, 그 속에서 의미를 찾는 사람들에게는 아직은 전혀 매력적이지 않다.

그러나 솔직히 두렵다. 금세기 최고의 혁신가 스티브 잡스는 창의성은 점과 점을 연결하는 것이라고 했다. 숲과 4차 산업혁명이 점과 점으로 만나면 우리가 상상하지 못한 혁신이 일어날 수 있을 것이다. 혁신 자체를 부정하고 싶지는 않지만, 숲만은 아날로그의 세계에서 머물렀으면 하는 바람에서다. 아니 숲만은 가상체험이 아닌 현실 체험의 장소이고 공간이었으면 좋겠다.

설악산 오색에 케이블카 설치를 둘러싸고 우리 사회는 수년째 지루한 공방을 벌이고 있다. 관광활성화와 산으로 접근이 힘든 약자를 위해서 케이블카를 설치하자는 측과 설악산 자연환경 보호를 내세워 반대하는 세력 사이 다툼 때문이다. 옳고 그름을 떠나서 나는 케이블카 설치를 반대하고 싶은 게 솔직한 마음이다. 설악산 오색에 케이블카가 설치된다면 나부터 힘들게 걸어가지 않을 것 같다. 설악산 대청봉과 중청, 끝청을 가기 위해 거쳐야 하는 오색 구간의 4시간 등산이 너무 힘들기 때문이다. 설악산을 종주할 때마다 매번 가파른 오르막을 끊임없이 걸어야 하는 오색구간만은 솔직히 너무나 피하고 싶다. 『걷기의 세계』 저자 셰인 오마라가 아무리 걷기는 단순한 운동 이상으로 뇌를 활성화하는 경이로움을 준다고 말했다고 해도, 숲속 걷기를 통해 자유로움을 얻었더라도, 오색에서 끝청까지 케이블카를 타고 중청과 대청봉을 갈 수 있다면 나 역시 그 방법을 택할 것 같다. 치과의사라고 해서 충치에 걸리지 않는 게 아니다. 정신과 의사 역시 정신적 스트레스나 노이로제에서 자유로울 수 없다. 세상의 모든 문제는 그 사람이 누군가를 막론하고 자신의 문제가 될 수 있다. 숲속 걷기의 신봉자인 나도 이런 생각을 하는데, 나머지 사람들도 크게 다르지 않을 것이다.

꼰대로 여기겠지만 라떼 얘기를 한번 하자. 과거의 스포츠 화두는 아마추어리즘이었다. 돈 냄새가 조금이라도 새어 나오면 순수성을 잃었다며 엄격한 비판의 잣대를 들이민 시대가 있었다. 아마추어 스포츠가 80~90년대 자본과 결탁하면서 급격히 달라졌다. 아마추어의 상징이었던 올림픽마저 최고의 몸값을 자랑하는 스포츠 스타의 대결장이 됐다. 이젠 스포츠의 아마추어 정신을 얘기하는 건 아예 찾아볼 수 없다. 자본은 물론 오락과도 손을 잡아서 스포테이너 전성시대를 누리고 있다.

숲과 4차 산업혁명이 점과 점을 연결하며 혁신에 혁신을 거듭해 우리가 상상하지 못한 가상의 숲세계가 만들어진다면, 인간과 숲이 나누는 언어는 지금과는 완전 다를 것이다. 불과 50년 전 우리가 21세기 지금을 전혀 상상하지 못했듯이 우리의 상상을 초월하는 숲 세계가 만들어진다면 인류는 고향을 잃는 끔찍한 현실이 실재하게 될지도 모른다. 자연주의 철학자 장 자크 루소는 "자식을 불행하게 만드는 가장 확실한 방법은 언제나 무엇이든지 손에 넣을 수 있도록 해주는 것"이라고 했다. 자식에게 성취의 유비쿼터스 환경을 만들어 주면 확실히 불행해진다는 얘기다. 숲은 인류의 고향이다. 진화의 관점에서 보면 인간은 오랫동안 숲에서 많은 시간을 보냈기 때문에 우리의 유전적 기제는 숲 환경에 맞도록 설계됐다는 거다. 진화심리학자인 고든 오리언스는 인류는 사바나의 선물이며 숲은 인간의 고향이라고 했다. 이런 인간에게 가상의 숲이라는 메타버스 환경이 만들어진다면 상상만 해도 끔찍하다. 휴대폰을 신체의 일부처럼 사용하는 포노 사피엔스phono sapiens들은 물 만난 고기이겠지만, 나는 SF소설 속의 미래 도시에서 살고픈 생각이 전혀 없다. 모든 게 완벽하게 갖춰진 돔Dome 도시에 살아야 하는 시대가 온다면 나는 SF소설의 주인공처럼 돔을 떠나 숲속으로 떠날 것이다. 인류가 메타버스 속 가상의 숲에서 익숙하게 생활하게 되는 그 순간은 진짜 종말의 시작일지도 모른다.

숲이라고 해서 4차 산업혁명의 커다란 물결에서 완전히 벗어날 수는 없다. 다만 숲의 4차 산업혁명은 메타버스가 아닌 숲이 주인공인 혁신으로 이뤄지기를 간절히 바란다. 숲의 본질은 유지한 채, 숲속에서 가상현실을 더하기하면 쉽게 해결할 수 있다. MZ세대를 위해 숲속에서 다양한 게임, 예를 들어 청소년들이 즐기는 전쟁게임을 숲속에서 고글을 쓰고서 하게 한다면 어떨까. 또 어르신들을 위해 숲속을 즐길 수 있는 메타버스 프로그램도 있다. 숲을 즐기기 힘든 약자들이 로봇의 도움을 받아 숲을 걸으며 치유하고 위로를 받을 수 있다면, 꿈에도 생각하지 못한 산 정상에 올라 성취감과 정복감, 해방감을 느낄 수 있다면, 상상만 해도 즐겁고 행복한 일이다.

고산골에 앞을 보지 못하는 어른이 도우미 여성의 도움을 받아 거의 매일 숲속을 걷는 모습을 볼 수 있다. 그의 고산골 걷기는 내가 이곳에 처음 왔을 때부터 볼 수 있었으니 10년 이상 됐다. 고산골 산신령들도 그의 시력 상실 이유를 알지는 못하는 것 같다. 다만 그가 경제적 여유가 있는 덕분에 매일 도우미 여성을 도움으로 고산골 숲길을 걷는다는 거다. 두 사람의 고산골 산행을 볼 때마다 짠한 기분이 든다. 도우미 여성 때문이다. 50대 후반으로 보이는 이 여성의 눈은 언제나 슬퍼 보인다. 고산골 사람들이 숲을 즐기며 각자 나름의 치유 시간을 보내는데, 그녀만은 고산골에서 홀로 노동하고 있는 것으로 내게는 비쳐지기 때문이다. 노인처럼 앞을 볼 수 없는 많은 이들이 로봇의 도움을 받아 숲을 마음껏 걸으며 치유할 수 있다면, 귀가 들리지 않아 아름다운 새소리를 듣지 못하는 이들이 숲속에서 새들의 노래를 온몸으로 체감할 수 있다면, 이런 게 숲에서 제대로 된 4차 산업혁명이 아닐까 생각을 해 본다.

과거에는 상상 속에서만 가능했던 수많은 공상空想이 현실이 되는 세계다. 미래의 숲도 우리가 공상해 온 것들을 대부분 실현하는 건 어려운 일이 아닐 것이다. 그러나 숲을 모르는 사람에게 산림치유의 효과를 아무리 얘기해 봐야 아무런 감동을 줄 수 없다. 마찬가지로 메타버스 속에서 숲을 체험하고 굴참나무와 자작나무와 아무리 공감한들 숲속의 신비 치유의 능력이 일어날 것 같지가 않다. 무엇이든 직접 경험해 봐야 내 것이 될 수 있다. 물론 값비싼 명품백을 사기 위해서는 끊임없이 쇼윈도를 눈여겨본 후 산다면 훨씬 더 가치를 느낄 수 있을 것이다. 숲 메타버스가 숲에 대한 호기심을 불러일으켜, 그곳으로 이끄는 예인선 역할을 한다면 그지없이 좋은 산친구일 것 같다.

OO할 땐 등산 어때?

부탁할 땐 등산 어때?

지난 연말 대학 동기 40여 명에게 동기회 참석 독려 전화를 했다. 그것도 앞산 정상을 향해 올라가면서 전화를 했다.

"앞산을 한 바퀴 하다가 생각나서 전화했다."

숨 가쁘게 얘기하자, 몇몇 동기들은 살짝기 감동받은 것처럼 보였다. 모임 참석 가부를 밝히지 않았던 동기 가운데 5명이 참석 의사를 밝혔다. 5/40, 타율이 0.125여서 성적이 별로라고 생각할 수 있지만 0명에서 5명으로 늘었다고 보면 무려 500%의 효과를 거두었다. 부탁할 때나, 평상시 안부 전화를 등산하면서 하는 게 의외로 효과를 본다. "헉헉"거리며 통화하는 게 불편해 보일 수 있지만, 상대는 나를 이렇게 생각한다는 느낌을 주는 것 같아서다. 그래서 주말에 여유 있게 앞산을 한 바퀴 할 때마다 생각나는 사람들에게 안부 전화를 건다.

소동파는 '여산의 참모습을 알 수 없는 것은/이 몸이 산속에 있기 때문(不識廬山眞面目 只緣身在此山中)' 이라고 했다. 중국의 명산 여산의 참모습을 보기 위해서는 산속에서는 보지 못하니 밖으로 나가라는 의미다. 고산골의 참모습을 보기 위해서는 고산골 속에서는 볼 수 없으니 거기를 떠나야 한다는 거다. 인식의 문제라면 소동파의 생각이 옳다. 어떤 대상을 인식하기 위해서는 그 상대를 객관화하거나 3자의 시선으로 봐야 한다. 그러나 산림치유의 관점에서는 거꾸로 해야 한다. 소동파가 여산의 치유능력을 경험하고 싶다면, 여산을 떠나서는 안 된다. 1,474m인 여산의 정상에 오르지는 않더라도, 여하튼 여산의 어딘가 머물면서 숲과 나무와 계곡과 기암괴석과 대화하며 생각을 주고받거나, 스킨십을 나눠야만 산림치유의 효과를 맛볼 수 있다. 앞서 얘기했듯이 숲의 신비는 그 속에 있는 생명체에 대해서는 아낌없이 자신의 에너지를 무한 제공한다. 산림치유는 가만히 있더라도 숲속에 오래 머무는 게 최고 비결이다.

벌 줄 땐 등산 어때?

즐거움이 경쟁력이다. 즐기는 자를 이길 수 없다. 주말에 앞산 을 한 바퀴 돌면 고등학생 무리를 가끔 만난다. 등산

벌을 받는 인근 N고교의 이른바 문제아다. 그렇다고 오해하면 안 된다. 골치 아픈 사고뭉치들은 아니다. 학교생활에서 사소한 잘못으로, 예를 들면 체육 시간 체육복 안 가져온 친구, 수업 시간 떠든 친구 등으로 벌점을 쌓아온 친구다. 벌점이 일정 수준 쌓이면 주말에 선생님과 앞산 정상에 올랐다가 자장면 한 그릇 먹고 헤어지는 벌을 받는다고 한다. 우리 집 둘째도 고교 시절 이 벌을 받았다고 고백했다. 벌을 받는 아이들의 표정이 그리 어둡지 않다. 벌도 이런 벌칙이라면 얼마든지 받을 만하다며 약간 즐기는 듯하다. 둘째의 설명을 듣기 전에는 벌칙을 수행 중인 학생이라는 걸 꿈에도 생각하지 못했다. 그저 등산을 즐기는 학생으로 여겼다.

물론 이 벌칙은 호불호가 있을 수 있다. 어떤 아이들은 벌 받은 것에 대한 부정적 생각으로 평생 산을 멀리할 수도 있다. 이와 반대로 등산 벌을 고교 시절의 아련한 추억으로 되살려 산에 가까이 다가갈 수도 있다. 우리 집 아이는 등산 벌은 싫었지만, 선생님께서 사준 자장면 한 그릇 덕분에 등산 벌에 대한 추억이 그리 나쁘지 않다고 했다. 학교마다 교칙 위반으로 벌점이 쌓이는 친구들의 처리 문제로 골치를 앓고 있다. 전통적인 체벌이 금지되면서 더 그렇다고 한다. 이런 문제아(?)를 숲속으로 데려간다면 의외의 답이 나올 수도 있지 않을까. 등산 벌은 특히 교사나 학생의 감정 개입이 적어서 효과적일 수 있다. 벌칙을 수행하는 학생들은 힘든 등산에만 집중하지 자신들이 벌을 받고 있다는 생각에는 큰 의미를 둘 것 같지가 않다. 산림치유의 효과를 체험한 학생들이 등산 벌을 받기 위해 고의로 사소한 규칙을 어길까 걱정된다면 기우일까?

반려동물 집사 할 땐 등산 어때?

　　　　　요즘 고산골 아침에 유난히 눈길을 끄는 반려견
이 있다. 콩이다. 최근 매일 아침 견주와 함께 고산골을 오르는 순
백의 포메라니안이다. 마치 북극여우를 닮은 듯한 아주 깜찍한 녀
석이다. 콩이는 북극에서 썰매를 끌던 유전자를 가진 탓인지 언제
나 견주를 앞장서서 끌고 간다. "콩이의 산책을 위해 매일 고산골
을 걷는다. 고산골은 반려견 집사 노릇 제대로 하면서 등산도 할
수 있어 너무 좋은 곳인 것 같다." 콩이의 아빠는 말했다. 전 직장
동료였던 K도 엄청 사납게 생긴 불도그 '토르'와 함께 고산골을
자주 오는 반려견 집사다. 그는 토르와 고산골을 산책하기 전에는
신천을 함께 걸었다. "토르가 신천을 걷는 것보다는 산에 오는 걸
훨씬 좋아한다. 다만 고산골을 산책하면 좀처럼 집에 가려고 하지
않아 골치를 조금 앓는다." 한다.
　반려동물 집사들은 개들과 산책하는 건 피할 수 없는 운명이다.
앞서 얘기했듯이 인류의 고향은 숲이다. 인간의 DNA에는 숲에서
편안함을 느낄 수밖에 없듯이 오랜 세월을 인간과 함께 생존해 온
개들의 DNA에도 인간과 함께 숲속에서 생활하는 게 익숙한 건 너
무나 당연하다. 게다가 반려동물의 산책은 운동이나 놀이 차원이

아니라 생존의 문제다. 반려견은 매일 바깥 공기를 맛보고 느끼며, 냄새로 세상과 소통해야 하는 동물이다. 반려동물 집사 할 땐 등산 해야 하는 아주 간단한 이유다.

얼굴 경락 할 땐 등산 어때?

　　　　　고산골 아침 20년을 자랑하는 60대 K의 젊음 유지 비결은 특이하다. 그녀는 매일 아침 고산골 약수터에서 아주 정성스레 얼굴 경락 마사지를 한다. 봄가을에는 고산골 약수터 바람길 벤치에 앉아 꼼꼼하게 얼굴 경락을 20~30분 정도 한다. 한겨울에는 약수터 쉼터에서 산신령들의 눈치를 보면서도 경락에 몰두한다. 그녀는 이런 노력 덕분인지 전형적인 피부 미인이다. 그녀는 신선한 산소가 풍부한 숲속에서 얼굴 경락은 최고의 효과를 가져온다고 확신한다.

"굳이 사방이 꽉 막힌 답답한 마사지숍에서 얼굴 경락을 받아야 할 이유가 없다. 고산골은 특히 산소가 풍부한 곳이기 때문에 얼굴 경락을 하면 효과 만점인 곳이다."

근대 유럽 세계의 패권을 둘러싸고 영국은 당시 최강 무적함대를 자랑하던 스페인과 싸우는 방식을 바꿔 승리함으로써 결국 해가 지지 않는 대영제국을 건설할 수 있었다. 영국과 스페인은 1588년 칼레에서 운명을 건 한판 승부를 펼쳤다. 칼레해전 이전에는 스페인의 해군은 불패 신화를 자랑하는 무적함대였다. 그러나 당시 스페인 무적함대는 무적해군에 의한 전쟁이 아니라 무적보병의 승리라고 할 수 있다. 무적함대는 대규모 보병을 함대로 이동, 육상전을 펼쳐 승리하는 방식이었다.

스페인과 일전을 펼쳐야 할 영국은 당시 제대로 된 보병이 없었다. 해적 출신인 드레이크 제독이 이끄는 해군이 주력이었다. 영국은 보병이 절대 부족한 약점을 보완하기 위해 바다에서 싸우는 해전을 펼치기로 했다. 스페인은 아메리카 식민지 주변에서 해적질을 일삼으며 점점 강해지는 영국을 꺾기 위해 무적함대로 침략했지만, 영국에 상륙하기 전인 칼레해변에서 대패했고, 근대 세계사 흐름마저 바꿔 놓게 된다. 기존의 방법에서 벗어나 새로운 시도를 해 보는 것도 의외의 결과를 낳는다. 등산할 때도 단순히 걷는 현재에 집중하는 것도 좋고, 당연히 그렇게 하는 것이 최고이지만 때론 엉뚱한 것과 접목하는 것도 등산의 새로운 묘미가 될 수 있다.

숲속을 걸으면서 외국어 공부를 하는 등산객이 생각보다 많다. 외국어 공부할 땐 등산 어때?가 가능하다. 당연히 이어폰으로 음악을 들으며 걷는 것도 최고다. 음악 들을 땐 등산 어때?는 우리 일상 속에서 충분히 즐길 수 있다. 우리가 숲속에서 생활해야 하는 수많은 이유를 만들 수 있을 것 같다.

도루묵의 슬픈 이야기는 현실이 된다

도루묵의 전설은 슬프다. 임진왜란을 피해 몽진하던 선조는 피난 길에 먹었던 생선 묵이 너무 맛있어 은어라는 이름을 하사했다. 전쟁이 끝나고 한양으로 돌아온 선조는 피난길에 먹었던 은어의 맛을 잊지 못해 다시 올리라고 했다. 어부들이 진상한 은어를 먹었지만, 그때 맛을 전혀 느끼지 못했다. 선조는 자신이 하사한 이름 은어를 거두고 도로 묵이라고 하라는 명령을 내려 때문에 도루묵이 됐다는 이야기다. 자신의 입맛과 처지가 달라진 것은 생각하지 않은 어리석은 왕 선조의 단면이다. 물론 도루묵과 얽힌 주인공이 선조가 아니라는 얘기가 있기도 하지만, 어쨌든 도루묵 이야기는 우리의 쌉쌀한 왕조 역사와 관련이 있는 듯하다.

우리 삶에서 숲속 이야기도 도루묵처럼 쌉쌀한 스토리의 주인공이 되는 경우가 의외로 많다. 중소기업 대표인 K는 위암 수술을 하고서 삶을 완전히 바꾸었다. 기업 경영에 따른 스트레스에서 가능하면 멀어지기 위해 숲속으로 들어갔다. 틈만 나면 회사 근처 공원을 걷거나 개구리 소년 실종의 아픔이 있는 와룡산 등산을 했다. 주말에는 전국 이름난 산을 찾아 5~7시간 장거리 산행을 즐겼다. 나와는 강원도 홍천 아침가리산 등산에서 만나 자주 주말 장거리 산행을 함께 하며 숲속 생활에 푹 빠져 지냈다. 덕분에 그는 위암 완치 판정을 받고 암의 공포로부터도 해방이 됐다. 이런 그가 최근 몸 상태가 다시 좋지 않은 것 같다고 하소연했다. 그는 3~4년 전부터 골프에 빠져 살았다. 필드에 나가지 않으면 실내 스크린 골프장에서 많은 시간을 보냈다. 자연히 숲과는 멀어진 일상을 보낸 셈이다. 골프와 음주는 피할 수 없는 상관관계다. 그는 위암 수술 이전의 생활 습관으로 돌아간 것이다. 그러니 자연히 수술 후 건강한 일상과는 다른 삶, 어렵게 만들어진 좋은 습관을 숲과 멀어지면서 말짱 도루묵 상태로 되돌려 버린 것이다. 선조는 말로써 도루묵을 만들어 버렸지만, 그는 행동으로 자신의 몸을 도루묵으로 만든 것이다. 그는 다행히 스스로 몸의 신호를 감지하고 다시 숲속으로 돌아가고 있다. 더 늦기 전에 와룡산 다람쥐로 돌아가기로 한 그의 결정에 박수를 보낸다.

의외로 골프에 몰입하면서 삶 자체가 뒤틀린 사람을 많이 보게 된다. 주부 C도 그런 경우다. 한때 등산 모임을 함께 했던 그는 매일 두리봉을 등산하는 산 매니아였다. 일정한 시간에 두리봉을 걷는 건 아니었지만, 매일 일정 구간은 반드시 걷는 등 자기 관리가 철저했고 친구들과 장거리 산행을 즐기는 분이었다. 그런데 C도

갱년기에 들면서 산 타는 게 시들해진 데다 뒤늦게 배운 골프에 푹 빠져 틈만 나면 라운딩을 하고, 골프 모임도 서너 개나 가입할 정도로 열성을 보였다. 자연히 산과는 멀어질 수밖에 없었다. 10년 이상을 골프에 빠져 살던 그녀는 60대 초반의 나이인데도, 족저근막염과 아킬레스건염을 동시에 앓고 있는 데다 허리 디스크까지 겹쳐 일상생활에 어려움을 겪을 정도로 고통을 받고 있다. 병원과 한의원을 오가며 1년 이상 치료에 매달리고 있지만 좀처럼 나아지지 않는다고 하소연을 했다. 그녀는 "늦게 시작한 골프에 빠져 무리하게 몸을 사용한 것 같다. 숲속으로 다시 돌아가고 싶지만 쉽지가 않다."며 후회했다. 그녀에게 힘들더라도 숲속으로 다시 들어가라고 권유했다. 숲의 치유능력에 대한 믿음, 확신을 가지고서 다시 처음으로 돌아갔으면 해서다.

"역사가 반복되는 것이 아니다. 사람이 반복하는 것이다." 프랑스 철학자 볼테르가 한 말이다. 이 말의 의미는 오랜 인류의 역사를 통해 사람들은 역사가 반복되는 것처럼 보이겠지만, 역사의 단순 반복이 아니라 그 속에 살아가는 인간들의 생각하고 행동하는 패턴의 반복으로 과거를 되풀이하고 있다는 것이다. 평화로운 방법으로 평화를 지킨 역사는 단 한 번도 없었다. 오직 강한 힘을 가진 국가만이 평화를 지킬 수 있었다. 히틀러의 출현을 평화로운 방법으로 해결하려다가 결국 2차 대전이라는 인류 역사상 최악의 참사를 빚은 게 대표적인 사례다.

건강도 마찬가지다. 말로만 하는 건강이나, 입에 발린 건강한 생활로는 결코 건강할 수 없다. 건강한 삶을 위한 방법을 모르는 사람은 하나도 없다. 실천이 핵심 과제다. 건강검진을 통해 자신의 건강 문제점을 알거나, 스스로 자각을 통해 건강해지려고 노력하는 사람은 정말 많다. 고산골 아침에도 건강의 문제를 자각하고 찾아오는 이들은 부지기수다. 그러나 유감스럽게도 대부분은 거칠게 표현하면, 뜨내기 손님이다. 서너 달은 숲속의 현자처럼 숲 예찬론을 펼치며 자신의 건강을 위해 열과 성을 보이지만, 이내 과거의 익숙한 모습으로 돌아가 버린다. 당연히 고산골에서의 모습도 점점 옅어지다가 어느 순간 안개처럼 사라진다. 자신의 삶 방향을 바꾸는 게 힘든 여정임을 보여준다. 앞서 얘기했듯이 가슴부터 발까지 여행 역시 너무나 멀고도 어려운 여행이다. 아는 데 그쳐서는 아무런 의미가 없다. 앎을 삶 속에서 실천하는 게 진짜다.

히말라야 전설의 새인 한고조寒苦鳥는 히말라야에서 둥지를 틀지 않아 밤새 추위에 떨었으면서도 따뜻한 낮이 되면 밤새 추위에 떤 것을 잊고서 아무런 행동을 하지 않는 이야기의 주인공이다. 한고조 역시 가슴부터 발끝까지 여행을 떠나지 못하는 우리와 다름없다. 앎과 삶은 자음 한 글자 차이이지만, 그 결과는 엄청나게 달라질 수 있다. 앎을 삶으로 실천하지 않으면 누구에게나 한고조처럼 히말라야에서 고통의 밤을 보낼 수밖에 없다. 암이나 질병의 완치 판정 후 시간이 조금 흐르면 다시 원상태로 되돌아가는 환자들이 의외로 많은 이유다. 삶을 도루묵으로 만들지 않으려면, 처음처럼 해야 한다.

과유불급과 불광불급의 사이

과유불급過猶不及과 불광불급不狂不及의 말은 글자 그대로 해석하면 반대되는 개념이다. 그러나 지나치면 미치지 못한 것만 못하다는 과유불급과 미치지 않으면 미칠 수 없다는 불광불급 사이는 균형이라는 밧줄을 타야 하는 관계라고 생각한다. 우리는 주변에서 과유불급해서 무너진 삶의 모습을 수없이 볼 수 있고, 불광불급하지 않아 성공과 성취의 맛을 보지 못하는 이들의 안타까운 모습역시 쉽게 찾을 수 있다.

한성백제의 500년 사직은 바둑 때문에 무너졌다고 『삼국사기』는 기록하고 있다. 백제 21대 개로왕은 엄청난 바둑 애호가였다. 그러나 그의 바둑 사랑은 고구려에서 보낸 바둑첩자 도림에게 흠뻑 빠져 파국으로 치달았다. 개로왕은 도림의 조언을 듣고서 대대적인 궁궐 확장과 토목공사 등으로 국고를 탕진했고 백성들을 도탄에 빠지게 했다. 한성백제는 결국 고구려 장수왕 침입으로 멸망

했을 뿐만 아니라 개로왕 역시 그 전쟁에서 전사하는 신세가 됐다. 개로왕의 기사는 바둑에 미쳐 불행한 결과를 초래한 역사 교훈이다. 물론 바둑에 미친 것만 위험한 게 아니라 주색잡기 등 무언가에 지나치게 빠져 자신은 물론 국가마저 위기 빠뜨린 사례는 수없이 많다.

반대로 AI와 바둑 대국에서 인간 가운데 유일하게 승리를 거둔 이세돌이 개로왕의 교훈에 따라 바둑의 과유불급을 추구했다면 어찌 되었을까? 결과는 너무나 뻔하다. 바둑 동호인으로서는 이세돌이 뛰어날 수는 있었겠지만, 프로기사로서는 결코 지금과 같은 성과를 이루지 못했을 것이다. 프로기사 이세돌은 불광불급했기 때문에 은퇴 후에도 최고의 기사로 지금까지 우리의 입에 오르내리는 인물이라고 할 수 있다.

과유불급과 불광불급 사이를 규정한다는 건 정말 어려운 일이다. 사람마다 가진 한계의 선이 모두 다르고, 또 그 한계에 이르는 과정이나 문화가 상이하기 때문이다. 그렇다고 각 개인이 느끼는 선에서 규정하면 된다고도 정의할 수도 없다. 어떤 이는 자신의 한계를 능력보다 한참 못 미치는 선에서 설정할 수 있고, 반대로 자신의 깜냥은 생각하지 않고 한계 상황을 지나치게 높게 잡아 자신은 물론 주변을 힘들게 하기 때문이다. 그 기준을 행복으로 삼는다면 어느 정도 타당하지 않을까 생각한다. 그것도 자신뿐만 아니라 주변의 다른 사람까지 행복하게 하는 선이라면 최고의 과유불급과 불광불급의 사이가 아닐까? 프란치스코 교황은 교황 메시지에서 "인생은 당신이 행복할 때 좋습니다. 그러나 더 좋은 것은 당신 때문에 다른 사람이 행복할 때입니다."라고 말했다.

고산골 사람들에게 "어느 때 행복하세요?"라고 물으면, 대부분은 새벽에 등산하는 시간을 행복한 때라고 말한다. 개중에는 좀 더 구체적으로 말하는 분도 있다. 60대 후반인 M은 "메마른 계곡에 물 흘러가는 소리만 들어도 행복하다." 말한다. 물론 고산골에서 즐기는 일상들이 행복한 여정이지만, 겨우내 말라 있던 계곡에 비가 내려, 흐르는 계곡 물소리를 들으면 정말 행복하다는 거다. 또 고산골을 걷고 또 걸으니 마음의 맷집이 튼튼해지고, 그러면서 자존감은 스스로 감당하기 힘들 정도로 올라간다고 한다. 자존감 향상으로 당연히 스트레스에도 강하게 저항할 수 있고 설사 저항에 실패하더라도, 그것 역시 쉽게 받아들일 수 있어 좋다고 한다. 한마디로 기쁨과 희열이 충만한 시간이라는 얘기다. 가장이 이리 행복한데, 가족들의 행복 여부는 말할 필요가 없다. 그의 집안을 들여다보지는 못했지만, 자녀와 손자들의 행복한 얘기를 전하는 그의 표정에는 꾸밈이 전혀 없다.

"행복이란 매끼의 밥에서, 늘 입는 옷에서, 머릿속을 채우는 생각에서 느껴야 하는 일상의 상태다." 최준식 교수는 『행복은 가능한가』 책에서 설명한다. 즉 집이나 학교, 직장에서 행복을 향유해야 한다는 거다. 따라서 제대로 된 문화 없이 행복은 가능하지 않다. 일상에서 행복하기 연습을 해야 한다. 행복 연습은 고산골과 같은 숲속에서 가장 쉽게 할 수 있는 것 같다. 물론 일상에서 행복을 수시로 느낄 수 있는 정도로 행복 감성이 높은 이들이라면 굳이 숲속까지 찾아갈 필요가 없을 것이다. 그러나 직장에서, 가족이나 친구와의 관계에서 이런저런 행복을 느낄 수 있는 행복 감수성이 높은 이들이 과연 얼마나 될지 궁금하다. 고산골 사람들은 꾸준한 숲속 걷기를 통해 누구보다 행복 감수성이 높은 분들이다.

집 근처 초등학교 담벼락에 붙은 학생들의 감사한 일(사람)에 관한 글을 읽은 적 있다. 코로나가 파도처럼 몰아칠 때 학생들이 일상에서 감사 의미를 찾는 이벤트였던 것 같았지만, 대부분 공감되지 않았다. 유일하게 미국의 유명 게임회사인 로블록스roblox에 감사한다는 한 학생의 소감만이 그나마 이해가 됐다. 코로나로 집에서 보내야 하는 일상을 게임회사 로블록스 덕분에 재미있게 보낼 수 있음을 감사한 내용이었다. 나머지 학생들은 세종대왕이나 이순신 등 역사적 인물에게 감사하거나, 4년 동안 못 본 이모에게 감사하다는 친구도 있었다. 물론 학교가 학생들의 감사한 일상을 왜곡해 선택했을 수도 있지만, 우리의 감사는 소소한 일상이 아니라 뭔가 그럴듯하거나 가치 있는 것에서 의미를 찾는 건 아닐까.

교회의 유명한 유머다. 믿음이 아주 깊은 장로님이 등산하다가 잘못 디뎌, 낭떠러지에 매달리는 위험에 처하게 됐다. "살려주세요! 살려주세요!"라고 소리를 외쳐도 아무도 도와주러 오는 사람이 없었다. 절벽에 매달려 지친 장로가 "주여! 불쌍한 죄인을 구하소서." 회개 기도를 했다. 그러자 주의 음성이 들렸다.

"손을 놓거라."

"손을 놓으면 절벽에 떨어져 죽는데 어찌 놓으라고 하십니까?"

"나를 믿고서 손을 놓거라."

그러자 장로는 외쳤다.

"거기 주님 말고 다른 분 없습니까?"

코앞에 닥친 어려운 문제에 매달리게 되면 아무것도 보이지 않는다는 걸 비유한 목사님의 설교여서 너무나 공감이 됐다. 발등에 떨어진 문제에 매몰되면 아무것도 볼 수 없는 게 우리 인간이다. 그래서 발등의 불에서 잠시나마 떨어지려는 훈련이 필요하다. 내 안의 평화와 화평은 번뇌, 집착을 버리겠다는 마음을 가졌다고 해서 쉽게 얻어지는 게 아니다. 단순 노동이나 걷기를 통해 마음의 눈을 다른 곳으로 돌리는 노력이 필요하다.

과유불급과 불광불급의 사이에 방점을 어디에 찍느냐는 개인의 몫이다. 나는 일상에서는 과유불급을 원칙으로 한다. 직장과 친구, 심지어 가족과도 탁구공을 주고받듯이 티키타카를 해야 한다. 티키타카의 핵심은 거리 두기다. 너무 어려운 문제이고, 쉽지 않은 길이다. 그러나 행복을 위해서는 그렇게 걸어야 한다. 특히 가족과의 관계는 정말 어렵다. 가족에게 올인하는 아내와 항상 부딪히는 부분이다. 아내는 가족과도 일정한 거리를 유지하는 내게 정 없는 사람이라 손가락질한다. 가족의 지적을 받더라도 일정한 거리를 둬야 한다. 가까운 사이일수록 더 필요할지 모른다. 사람과의 관계뿐만 아니라 일에서도, 일상생활에서도 지나치지 않도록 굉장히 노력한다. 물론 과유불급을 이유로 이솝 우화의 여우처럼 조금만 노력하면 먹을 수 있는 포도를 신포도로 만들어 손에 넣기를 포기하는 건 아닐까 하는 걱정이 되기도 한다. 이 문제는 어느 정도 현실 생활에서 나타나기도 하지만, 때로는 신포도로 여기고 포기하는 것도 나쁘지 않다고 생각한다.

그러나 산에 관해서는 불광불급에 방점을 찍고 싶다. 불광불급하더라도 중독의 폐해보다는 그 맛이 너무 달콤하고 상큼하기 때문이다. 중독이 반드시 나쁜 게 아니다. 이세돌의 바둑 중독이나 작가의 글쓰기 중독, 연구자의 실험실 중독은 어느 정도 필요한 요소다. 자신의 능력이나 체력, 성향을 무시하고 목표에 중독돼 앞만 보며 무조건 달려가는 게 문제이지 긍정적 중독은 필요하다. 긍정의 중독은 역시 긍정의 결과를 가져올 가능성이 크기 때문이다.

어느 시인은 점심시간이 가까워지면 근처 백반집이 진리라고 했다. 진리는 내 삶의 위치와 상태, 상황에 따라 달라져야 한다. 물론 자신의 상황이나 상태를 아전인수로 자신에게 유리하게만 해석해서는 당연히 안 된다. 삶은 복합적이다. 하나의 결론이 예정된 게 아니라 수많은 변수와 상황들이 얽혀 있다. 지금 내 삶이 조화로운지 부조화인지 알 수 있는 방법이 과연 있을까. 나는 내 삶이 조화롭다고 생각하는데, 사람들은 부조화로 볼 수도 있다. 물론 그 반대도 충분히 가능하다. 결국은 내가 선택할 수밖에 없다. 자신과 주변이 행복해질 수 있도록 과유불급과 불광불급의 사이의 방점을 잘 찍는 게 최선이다.

시시포스의 멍에를 숲속 멍에로 바꾸자

고산골이 도심의 숲이지만, 산속으로 들어가면 도시의 소음은 전혀 들리지 않는다. 오로지 자신과 숲속 친구들에게 집중할 수 있는 곳이어서 좋다. 다만 급하게 달려가는 앰뷸런스 소리는 고산골 어디서나 생생하게 들린다. 고산골에서 앰뷸런스 소리를 들을 때면 가끔 이 세상과 저세상의 경계에 서 있는 건 아닐까 하는 착각에 빠지기도 한다.

코로나19가 대구에서 엄청난 속도로 퍼져나갈 때 고산골에서도 매일 급한 앰뷸런스 소리를 수없이 들었다. 코로나가 무차별 확산 때 대구는 그야말로 유령 도시나 다름없었다. 하루가 다르게 확진 소식이 쏟아졌고, 안타까운 얘기들이 이어졌다. 친한 고교 동창도 너무 이른 나이에 하늘여행을 떠나기도 했다. 우리 가족도 큰 타격을 입었다. 코로나19 확산 직전에 경남 창원으로 발령 난 아내는 서너 달 동안 집에 오지도 못해 때 아닌 이산가족을 경험해야 했다. 아내는 주말 집에서 편안한 안식을 할 수 없었기 때문에, 그리고 아이들은 지금까지 경험하지 못한 혼란에다 엄마의 부재가 겹쳐서 불안감을 더했다.

고산골은 디즈니의 애니메이션 〈겨울왕국〉처럼 꽁꽁 언 속에서 그나마 따뜻한 바람이 조금은 부는 곳이었다. 사회적 거리 두기, 재택근무 등으로 모든 시스템이 얼어붙은 우리 사회와 달리 고산골 아침 커뮤니티는 힘겨웠지만, 정상적으로 작동했다. 고산골 사람들은 전 세계가 엄청난 고통 속에서 힘겨워할 때도 숲속을 지켰다. 하루하루 불안함 속이었지만, 고산골 아침 산행을 멈추지 않고 이어 나갔다. 코로나는 인류가 지금까지 경험하지 못한 팬데믹 pandemic 시대를 열었다. 고산골 사람들은 팬데믹이나 확진, 사회적 격리 같은 시대의 화두에 흔들리지 않으면서 조심스럽게 자신들의 숲속 세상을 지켜갔다.

모든 일상이 깨진 상태에서도 고산골 사람들은 그나마 고산골에서 아침 일상을 중단하지 않고 이어간 거다. 전 국민의 50% 이상이 코로나에 감염될 정도였지만 고산골은 소수의 몇몇이 코로나에 감염돼 고생한 것을 제외하고 대부분 4년째 계속되는 팬데믹을 무사히 넘기고 있다. 이걸 숲의 축복, 숲이 주는 무한 선물 때문이라고 말할 수는 없다. 다만 숲속에서 건강한 일상과 절제된 삶을 살려고 하는 고산골 사람들의 태도 덕분인 건 분명한 것 같다. 포스트 코로나에도 감염병의 팬데믹 현상은 계속된다고 한다.

우리나라 고령화 속도가 세계에서 가장 빠르다는 건 더 이상 새

로운 뉴스가 아니다. 세계 최고의 경제성장률을 자랑하며 고도성
장을 추구해 온 한국이 이젠 가장 빠르게 늙어가는 국가의 상징이
된 셈이다. 우리나라는 65세 이상 노령인구가 2021년 기준으로 전
체 인구의 17.6%로, 초고령사회(노령인구 20% 이상) 진입을 눈앞에
두고 있다. 정부는 2025년이면 초고령사회로 들어갈 것으로 전망
한다. 지방은 이미 세계가 그렇게 두려워하는 초고령사회로 진입
했다. 대구·경북의 노령인구는 2021년 기준으로 20.9%를 차지했
고, 호남·제주는 20.8%를 보여 초고령 지역 타이틀을 얻었다.

고령화의 후유증은 의료비 급증으로 나타나고 있다. 국민건강
보험공단 통계에 따르면 2021년 우리 건강보험 총 진료비는 93조
5011억 원으로 전년도보다 7.5%나 증가한 것으로 나타났다. 이 가
운데 65세 이상 노인진료비가 43.3%인 40조 6129억 원에 이를 정
도로, 노인들의 의료비 지출이 높은 것으로 조사됐다. 우리 국민 1
인당 월평균 의료비 지출이 151,613원에 이를 만큼 국가는 물론
가계 생활에도 부담될 정도다. 특히 우리 국민 1인당 연간 병원 방
문 횟수는 17.2회(2020년 기준)로 세계에서 가장 많다. 이는 OECD
회원국 평균(6.7회)보다 2.6배나 많고 세계 최고령 국가인 일본(12.5
회)보다도 1.4배나 많은 수치다. 우리 국민 개개인의 건강에 관한
의료기관 의존도가 지나치게 높다는 걸 반증하는 사례다.

시시포스는 제우스의 바람을 다른 신들에게 알린 죄로 큰 바위
를 산꼭대기로 밀어 올리는 행위를 무한반복하는 형벌을 받는 그
리스 신화 속 주인공이다. 운명의 굴레에서 벗어나지 못하는 인간

의 불행을 상징하는 존재다. 초고령화 사회 진입을 앞둔 우리도 수많은 시시포스가 있다. 아픈 노후 때문에 의료기관 순례를 일상화하고 있으며, 한 끼 식사량보다 더 많은 약을 복용하는 사람이 주변에 차고 넘친다. 마치 무거운 바위를 올림포스산 꼭대기로 끊임없이 밀어 올려야 하는 시시포스처럼 고령화 형벌에 지속적으로 시달리고 있는 것이다.

은퇴 전문가들은 노후 준비를 투자의 개념으로 접근하는 게 필요하다고 강조한다. 노후 투자 포트폴리오에는 당연히 연금 같은 재무적 요소와 일(소일거리)과 은퇴 네트워크, 건강 등 비 재무적 요소들의 균형이 필요하다는 말이다. 우리나라 노인빈곤율(2021년 기준)은 43.4%로 OECD 회원국 평균(15.3%)보다 2배 이상 높다. 노인 자살률 역시 OECD 회원국 평균보다 3배가량 높다. 우리의 노후 대비 투자는 재무적으로나 비재무적으로도 제대로 이뤄지지 않고 있음을 보여준다. 세계 최고 고령화 속도를 자랑하는 국가치고는 너무나 형편없는 준비다.

몇 년 전 '감옥 택하는 일본 노인들. 빈약한 노후 준비에 자발적 감옥행'이라는 기사를 보고서 충격을 받았다. 기사는 일본에서 발생한 좀도둑 범죄의 35.1%가 노인이 저지른 것이고, 이 가운데 동일 범죄를 6번 이상 저지른 비중이 40%에 이른다며 이것은 노인층이 법을 무시하는 경향이 강해진 게 아니라 빈곤에 따라 일부러 감옥에 가려고 한다고 분석했다. 일본 은퇴자들의 빈약한 노후 준비 때문에 노인 범죄율이 급증하는 고령화 사회의 어두운 그림자라고 설명했다. 우리나라의 은퇴 준비가 일본보다 못하다는 건 더 말할 필요가 없기 때문에 이 뉴스가 더는 남의 나라 얘기가 아니었다.

하나님께서 지구촌 최고의 산업역군으로 세계 최고의 성장을 이끌었지만, 노후 대비 부족으로 가난에 시달리는 한국의 노인들을 불쌍히 여겨, 모두에게 복주머니 3개씩 선물했다. 3개 복주머니는 십자가가 그려진 첫 번째 복주머니를 병원용으로, 세계지도가 그려진 두 번째 복주머니는 여행을 갈 때, 그리고 먹음직한 빵이 그려진 세 번째 복주머니는 배고픔을 해결하는 데 사용하도록 했다. 다만 어떤 주머니가 완전히 빌 때는 다른 주머니를 열어 채울 수 있도록 했다.

하늘로부터 두둑한 복주머니를 선물 받은 노인들은 행복한 노후 생활을 즐겼지만, 10여 년이 지나자 대부분 거덜이 났다. 나이가 들어갈수록 온몸에 이상이 생겨 첫 번째 복주머니가 너무 빠르게 소진됐기 때문이다. 처음에는 두 번째 주머니를 헐어서 해결했지만, 그건 언 발에 오줌 누기였다. 노인들은 병원비 마련을 위해 결국 세 번째 주머니마저 열 수밖에 없었고, 이내 그들은 다시 빈곤한 신세가 됐다.

그런데 고산골 노인들은 달랐다. 숲은 사람을 아름답게 하는 마법을 가졌다. 숲속 사람에게 한없는 축복을 선물한다. 숲속 사람들은 당연히 건강한 삶을 누리고 일상에서 행복을 느끼며 감사한 나날을 아름답게 만들어간다. 고산골의 노인들은 아름답게 여생을 누렸다. 숲속 사람인 덕분에 건강한 삶은 당연한 선물이었고, 일상이 숲속을 여행하는 삶이기 때문에 여행 가방을 싸고픈 욕망도 그리 없었다. 고산골 노인들의 복주머니 3개 가운데 가장 먼저 빈 건 세 번째 주머니였다. 물론 세 번째 주머니도 다른 노인들의 주머니보다 훨씬 오래도록 채워져 있었다. 고산골 노인들은 세 번째 주머니가 비자, 첫 번째와 두 번째 주머니로 채워 넣었다. 건강한 그들은 첫 번째 복주머니를 열 일이 좀처럼 없었고, 숲속을 여행한 덕분에 세계를 유람할 일도 많지 않아서 그들의 두 주머니는 든든하게 채워져 있었던 거다. 그래서 고산골 노인들은 하늘여행을 떠날 때까지 행복하게 살았다고 한다.

노후 준비의 제1 원칙은 건강이다. 경제적 준비 중심으로 짜인 은퇴 설계는 근본 접근부터 잘못돼 있다. 나이가 들수록 숲의 친구가 돼야 하는 아주 간단한 이유다. 더구나 은퇴에서 경제적 문제는 당장에 해결할 수 있는 건 아니지만, 건강 등 비재무적 준비는 지금이라도 가능하다. 숲속 인간이 돼 매일 일정 시간을 보내면 우선 건강 문제는 손쉽게 해결할 수 있다. 고산골 사람들처럼 행복하게 복주머니 3개를 씨줄 날줄 엮듯이 효과적으로 사용하면 된다.

시시포스는 자신에게 내려진 하늘의 형벌을 끊지 못한 운명을 걸머쥔 신화의 주인공이다. 고령화 시대 우리 대부분은 시시포스와 같은 운명을 걸어야 한다. 그러나 조금만 달리 생각하면 초고령 사회의 형벌에서 어쩌면 멀어질 수 있을지 모른다. 숲 주치의에게로 달려가면 고령화 천형에서 벗어날 방법을 찾을지 모른다. 물론 의료기관을 순례하는 현대판 시시포스의 형벌을 끊기 위해 숲속으로 들어간다고 해서 시시포스의 운명으로부터 완전히 벗어나는 건 아니다. 이젠 숲을 끊임없이 걷고 또 걸어야 하는 멍에를 져야 한다. 그것도 많은 시간 투자를 해야 한다. 인간은 태어나면서부터 운명의 속박에서 벗어날 수 없는 존재다. 어떤 운명의 사슬을 선택해야 한다면 우울한 의료기관 굴레에 매이는 것보다는 건강하고 밝은 숲 걷기 멍에를 걸머쥐는 게 현명하지 않을까? 자신부터 숲으로 내쫓고 그다음은 가족과 친구들을 숲으로 내쫓자. 고산골 사람들은 뿌리 깊은 나무처럼 보인다. 웬만한 비바람에도 흔들리지 않는 든든한 나무다. 어느 시인은 나무는 그 자리에서 서서 천년을 흐르는 강물이라고 했다. 고산골 사람들은 든든한 숲과 끊임없이 얘기하며 소통하는 진정한 친구를 두고 있기에 고령화의 천형에서 벗어날 것으로 확실히 믿는다.

신화 이야기 하나 더 하자. 이카루스는 그리스신화의 'MZ세대'다. 거침없이 자신이 원하는 걸 향해서, 그리고 남과 다른 이색적인 경험을 추구한다는 점에서, 요즘의 세대와는 딱 어울리는 신화 속 주인공이다. 이카루스의 거침없는 도전에는 그의 아버지인 다이달로스가 있어 가능했다. 다이달로스는 크레타의 괴물 미노타우로스를 영원히 빠져나오지 못하게 가둔 미궁을 만든 뛰어난 건축가이며 발명가다. 미궁을 만든 다이달로스는 미노스 왕의 미움을 사 아들 이카루스와 함께 자신이 만든 그곳에 갇히게 된다. 미궁에서 벗어나기 위해서는 단순한 방법으로는 불가능함을 아는 다이달로스는 남들은 상상도 할 수 없는 방법을 생각해 낸다. 새의 깃털과 밀랍으로 날개를 만들어 이카루스와 함께 하늘을 날아 미궁에서 빠져나온다. 이카루스는 새처럼 하늘을 나는 게 너무 신기한 나머지 높이 날지 말라는 아버지의 경고를 무시하고 태양을 향해 날아가다가 최후를 맞이하게 된다. 미지의 세계에 대한 동경의 상징인 이카루스의 도전에는 다이달로스라는 든든한 후원자, 키다리 아저씨가 있었기에 가능했다.

숲은 나에게 다이달로스다. 마치 다이달로스처럼 내게 마법을 부려주기 때문이다.

숲과 대화할 시간입니다

발행 ㅣ 2023년 5월 10일

지은이 ㅣ 김태일
펴낸곳 ㅣ 도서출판 학이사
            출판등록 : 제25100-2005-28호
            주소 : 대구광역시 달서구 문화회관11안길 22-1(장동)
            전화 : (053) 554~3431, 3432
            팩스 : (053) 554~3433
            홈페이지 : http : // www.학이사.kr
            이메일 : hes3431@naver.com

ISBN 979-11-5854-418-8 03810